若即若离

饶雪漫 作品

山东文艺出版社

果麦文化 出品

我不问**时间**不问结果。

我只知道，你若不来，我便**不老**。

Contents

目录

若即若离

这感情它若即若离，
看似遥远却又萍水相依。
只有我心只有我心，
明白我这一生都不会放弃。

CHAPTER 1

邻居的吉他

谁又是上帝　我们在等待　什么奇迹

最后剩下自己　舍不得挑剔　最后对着自己

也不大看得起　谁给我全世界　我都会怀疑

心花怒放　却开到荼蘼

——王菲《开到荼蘼》

暮夏初秋的午后。

阳光被半合的窗帘切成V字形，淡淡地印在对面的白墙上。我俯在书桌上看亦舒的小说《开到荼蘼》。这本书已经被我翻得很旧了，我还记得一年前，当我在书店里终于找到它时博文那忧心忡忡的样子，他看着我，缓慢地说："其实，天意，我觉得你还是少看点这样的书会比较好。"

我把嘴咧开来，做出一个史努比似的微笑，算是回答。

他轻轻地拍了一下我的头，然后我们一前一后地走在回家的路上。也是这样的天气吧，阳光给他的头发镀上一层金色，风打着旋带着夏天最后一丝热气掠过我的耳旁。我抱着书朝着他的背影做鬼脸，怀着一种莫名的眩晕开始盘算高二的日子。比如，好好地学习数学，不再逃课看无休无止的言情电视剧，不再吃小摊上的零食，不再和隔壁班的女生在食堂里为了占靠窗的座位而吵架，等等等等。

做个乖女孩，为了博文，我是愿意的。

虽然，博文与我是那么不同，他可以将一道在我看来九弯八拐的物理题在一分钟内轻松解决，却读不懂任何一篇稍稍小资的文章。比如我获得全市中学生创作比赛金奖的那篇散文，他给我的评语就是："太散了，简直不知所云。"

有一次我逼着他和我一起听一首杨乃文的歌，那是一首我多么喜欢的歌啊：满天星星在眨眼，他陪在我身边，轻声细语温柔的眼，看着我的脸，一枚戒指在我眼前，是他的诺言，爱我永远……

我正听得如醉如痴希望他能和我有所共鸣的时候，他忽然问我："这首歌叫什么名字来着？"

"《祝我幸福》。"

"出大问题了，怎么是《祝我幸福》？应该是《祝你幸福》才对呀。这是最基本的常识，写歌的人连这点也不懂，这歌还有什么好听的？"

我差点没当场晕过去。

这个总是让我啼笑皆非却牵肠挂肚的孩子，我一直以为和他之间会有一些长长久久的情节。我甚至开始为他写一篇长篇小说，男女主人公分别用了我们各自的名字，计划着在他二十岁生日的时候给他一个让他措手不及的惊喜。

从十七岁到二十岁，我曾一度以为这会是一场充溢着鲜花和甜美的旅行。

可惜的是，我的小说才写了一个开头，博文就离开了我，留洋去了。

知道这个消息的时候是下午的最后一堂课，我们正要进行一场数学考试，结果我交了白卷。我没有办法，面对考卷，我的脑子里一片空白，我真的是一道题都做不出来。我那时候恐怕连一加一等于多少都已经忘记了。

放学后博文在空空荡荡的教室里跟我说对不起。我嘲讽地笑了一下，我真不明白他为什么要跟我说对不起，他没有对不起我什么，他的将来是他的，而我的将来是我的。我唯一的错误就是曾经将这两份将来愚蠢地混为一谈。

“你不是一直想要个随身听吗？”他把他的随身听递给我说，“留给你，想我的时候就听歌吧。”

“你认为我会想你吗？”我仰起头来，努力地微笑着问他。

“也许会吧。”他说。

我真想给他一耳光，但是我没有。我也没有去接他的随身听，而是很有风度地跟他说再见。他走过来拉我一把说：“走吧，我送你回家。”

我甩开他说：“不要，我自己又不是找不到回家的路。”

他叹息说：“天意，你真是一个容易让人担心的孩子。”

我想说你那么担心我难道就不能不走吗？

这话是在心里的，我当然没有说出口。因为我明白从我知道真相的那一刻起，一切都成了定局。在博文看来也许是善意的隐瞒只让我觉得羞耻难当。我固执地坐在座位上装作在做作业的样子，听他在我身后粗重的喘息声，听他无可奈何地说：“那我先走了。”

我没答话，其实我也说不出一个字来。等到他真正地走了，我的眼泪才一颗一颗地掉下来，掉在课桌上，发出闷闷的回响，淹没了一行用钢笔写的小小的字，那行字是：天很蓝，我很爱你。

那是一个天很蓝的周末的下午，他握着我的手一个字一个字写下的。写到“爱”字的时候，我还记得他停顿了一小下，那种停顿真是一种充满了折磨的幸福。

那时晕头晕脑的我哪里会明白，天各一方其实只需要一个夜晚和一个白天。

博文还是留下了他的随身听，留在了我家的信箱里。只是从此，我再也不喜欢听歌，那个嗜歌如命的夏天意仿佛在一夜之间得了恐歌症，走过音像店的时候，多半是呈半跑的姿势。

自从博文走后，我们便很少联系，偶尔的一封E-mail也只是很淡很淡的问候，我差不多要忘记，他修长的手指，阳光下孩子般的笑容，和那些下了晚自习后一起回家的夜晚，在那棵开满不知名的白色大花的树下，他曾经给过我的恍惚的拥抱。

罢了。

年少的爱情，总是如此不值一提。

还有三天就是高三了，假期显得冗长而无奈，不过我并不盼着开学。整个下午，我都在亦舒的故事里沉浮，如果有令我想起他的细节，我就毫无出息慌里慌张地跳过去。这样的阅读多少有些居心叵测吧，说是不想却又不可避免地牵出许多往日的回忆来。

我想合上书却好几次欲罢不能，直到老叶敲开了我家的门。

老叶是我爸爸的同事，住在我家隔壁。她喜欢穿大花的衣服，说话的嗓门很大。见了我，她指着门口的一大箱子书说："天意，我知道你喜欢看书，你来挑挑，你不喜欢的我就全卖掉了。"

我知道这是老叶女儿的书，她的女儿是我的校友，叫吴媚。但其实她长得并不媚，个子矮矮的，脸上时而会有因为读书而熬出来的青春痘。我在上学放学的路上常常遇到她。她给人的感觉是一个高傲而冰冷的女孩子，不过我并不讨厌她，因为，她有高傲的本钱。

这不，她考上北大了。

一个我永远也望尘莫及的学府。

“你是不是也要去北京？”我一边埋头在那箱书里乱拣一边问老叶。这个老土的吴媚，她居然还看《简·爱》，不过是中英文对照版。我放回去又重新拾了回来。

老叶说：“是啊，吴媚的爸爸一直就在北京工作，我反正也退休了，这下我们一家子可以团圆了。”说到这里她忽然想起来：“对了，我这里的房子租给一个才毕业的大学生了。他要过几天才会来，可我们明天就要上北京了，我把钥匙放在你家，让他到你家来拿，你看好不好？”

“好的。”我说。

吴媚的书真的很多，不过全都是些没用的，我胡乱抱了几本到怀里算是给老叶面子。老叶挺好的，有时做了好吃的还往我家送送，在阳台上浇花的时候还喜欢把壶伸过来替我家的花也浇浇，和吴媚的冷完全不同，是个天生的热情的人。

她拍拍我肩说：“天意你要好好考哇，明年就轮到你了。”

“我不及你们家吴媚一半。”我自惭形秽地说。

“我还不知道你！”老叶的嗓门真是大得让我难以忍受，“作文比赛第一名哦，我们家丫头才三等奖呢。”

“那是歪门邪道。”我笑嘻嘻地说。我知道这事儿是老叶的心病，索性自己讽刺自己让她开心一些。

她果然中招，不再与我啰唆，笑呵呵地搬着一箱书下楼去了。

五天后，我见到了凌夏。

他抱着一只大音箱来敲我家的门讨钥匙，那音箱太高了，我好不容易才看到他从音箱后面探出来的头。

“等等，叶阿姨说要看身份证。”我咬着一只苹果对他说。

他笑笑，吃力地从屁股后面把身份证掏出来。的确是凌夏，一个听起来冷冰冰的烂名字。我把身份证和那串钥匙递还给他，他接过，转身开了门，再用牙咬住身份证，推着音箱进去了。门关上的一刹那我注意到他的牛仔裤，是Lee Cooper（英国牛仔品牌），博文很喜欢的品牌。其实博文很多时候比我奢侈，他会花掉所有的压岁钱去买一条看上去没什么两样的裤子，如果要送我巧克力，他一定会送我Kisses（好时，美国巧克力品牌）。他有他的不凡追求，只是他在我身边的时候我没能将他看透。

我还曾经遗憾过他不够聪明，现在想起来，傻的是我自己。

不仅傻，而且弱智，才会让“博文”这两个字见缝插针地来攻占我的记忆。

吃晚饭的时候，妈妈正在对我进行“很快就是高中的最后一年了要拼命哇”之类的劝告时，耳边忽然传来一阵激越的鼓声，然后是电吉他悠长的鸣叫，再接下来是低闷的贝斯和毫无章法的键盘。

妈妈愤怒地拍下筷子喊起来：“该死的老叶，看看她都把房子租给什么人了？！”

“难道是乐队？”我想起凌夏的那只大音箱，“不会吧，这么夸张！”

“你！”妈妈用手朝着爸爸一指说，“快过去打个招呼，这样子乱来，天意还要不要看书啦！”

“都是邻居嘛，先忍忍。”爸爸说，“晚上不吵就行。”

“就你能忍。”妈妈不开心了，“忍到今天还是这个样子，忍出什么名堂来了吗？”

爸爸前一阵子说是要升职做副科长，谁知道到了最后居然没成。老妈心里有气，动不动就提这事儿。

爸爸不说话了，饭也不吃了，脸拉得老长地躲到阳台上抽烟去了。

妈妈夹菜，筷子和碗碰得叮当响。眼看着就可能爆发一场战争，我赶紧放下碗筷对妈妈说：“要不我去看看吧。”

我用了很大的力气才敲开隔壁的门，准确地说不是敲，而是踹。踹到第六脚的时候门终于开了，开门的正是凌夏。我往他身后一看，还有四五个年轻人，手里都拿着各自的乐器，音箱、调音台样样具备，客厅的中央还立着一支老高的话筒。老叶的家，仿佛在瞬间被改造成了一个小型的录音棚。

见到是我，凌夏扬扬眉，说：“小姑娘，有何贵干啊？”

我指指楼上又指指楼下说：“代表民意，请你们暂停。”

他嬉皮笑脸地一抬手说：“你看，天还没黑呢，哥哥们正玩在兴头上，要不，您去帮我们打打招呼？晚上准停！”

“不行。”我说，“现在就得停。”

“为啥？”他还是笑笑的。

“楼上有八十岁的老奶奶有心脏病，楼下有刚出生的小宝宝要睡觉。还有，王大妈说了，你要是不停，她就打110。”

听我这么一说，一屋子的人都哈哈大笑起来，凌夏说：“你这丫头，倒挺能掰的。”说完，朝着里面喊，“得，看来门窗没换成隔音的之前，咱还是老办法，哑练吧！”

“多谢成全！”我目的达到，见好就收地打算离开。他却忽然喊住我说：“喂！我是凌夏。”

“知道了。”我说。

“你呢？”他笑嘻嘻地靠在门边，燃起一根烟来问我。

“我叫冰山。”我顺口胡诌。心里想，你“零下”，我“冰山”，看谁厉害！

“冰姗？”他并没听出我玩笑的意味，而是说，“这名字不错。麻烦告诉我在这里何时排练没人有意见？”

我想了想说：“大家都上班的时候吧。”

“嘿！废话！”他说，“那时我也得上班。”

“那就……辞职！”我说完，已经进了自家的门。老妈看着我满意地说：“咱家姑娘现在学会外交了，不错。”

她老当我只有十岁。

见我不作声，她又说：“对了，刚才博文打电话给你。”

“博文？”我的心狂跳起来，“哪个博文？”

“还有哪个？”老妈奇怪地说，“就是去英国念书的那个博文啊。我见他是国际长途，让他过会儿再打过来。”

我盯着电话老半天，在屋里走来走去，把我爸的茶杯都弄洒了。

妈妈气鼓鼓地说：“都快要高三了，怎么还是这么没头没脑的！”

她就是这样换着法儿一天提醒我十次我快要高三了。

结果，博文没有再打过来。

一个晚上，电话都很固执地沉默着。他走了快一年，没有打过一个电话，终于打来的时候，我却刚巧不在家。这到底算什么？

我上了网，信箱是空的。因为那个没接到的电话，我写了一封长信给他。信真的很长，很多很多一直没说的话，我文采飞扬按键如飞，一边写一边流下泪来，可是在临到“发送”的那一刻，我却又全删掉了。

博文，早就是一个被删掉的名字，又何必再提起？

夜深了，爸妈早已入眠。隔壁的乐队没有再吵，他们的安静让我有些许的内疚，因为我知道喜欢做什么却又不能做什么的滋味不好受，其实此时的我倒是希望可以听到一些震耳欲聋的音乐，也许才可以淹没我心里那些乱七八糟的想法。

说来也怪，我正这么想着，耳边就传来了优雅的吉他声。我的窗户紧靠着隔壁的阳台，我敢肯定那吉他声是从隔壁传来的，而且，是木吉他，不是吵吵闹闹的电吉他。我推开了窗户，琴声更清晰了，在清凉渐深的夜里美妙得无与伦比。再接下来，我听到的是和品冠一样干净的嗓子在唱一首我从没有听过的歌：

我亲爱的你啊亲爱的你呀你说你要去远方
我的心我的心忽然就有那么一些慌张
这夏天的风啊秋天的风它究竟要吹向何方
而我们的爱我们的爱我已经完全没有了主张

我想念的你想念的你呀如今会在何方
你好不好呢好不好呢我还是那么紧张
这春天的雨啊冬天的雪啊它到底要飘向何方
而什么时候什么时候我才会把你遗忘

我有没有跟你说过爱是我不变的信仰
我有没有告诉过你爱就是永远把一个人放在心上

…………

我靠在窗边静静地听，眼泪猝不及防地决堤。

我已经很久没有听过歌了，远离王菲远离杨乃文的日子，我总是在读亦舒或是安妮宝贝，我一天比一天更安于宿命，表面快乐内心忧郁地过着我装模作样的十七岁。

我以为再也不会有色彩的十七岁。

我没想到会和这样的歌偶然相遇。它唱出我压抑很久的感觉，让我的心在瞬间变得清澈透明，我枕着它入眠，一夜无梦。

第二天一早我出去买早点的时候遇到凌夏，他已经出门上班。牛仔裤脱下了，穿很正规的西服，手里拿着一个公文包，和昨天的他有很大的不同。见了我，他微笑着说："是你啊，冰姗，早！"

"这么早出门？"我问他。

"没办法，单位远，要转两次车。"

"那干吗租这里的房子？"

"叶阿姨是我远房亲戚，房租算我半价。"

原来是这样。

"昨晚唱歌的是你吗？"我有些迫不及待地问他。

他愣了一下转头看我说："呵，原来你听到了。"

"我想知道是谁的歌。"

"我的啊。"他说，"你喜欢？"

"你自己写的？你会写歌吗？"我真不是一般地吃惊。

"哈哈哈。"他并不答我，而是打着哈哈跟我说再见。我冲着他的背影喊道："喂！"

"什么？"他转头。

"我叫天意，不叫冰姗，下次不要乱叫了。"

他恍然大悟地抓抓头说："你这丫头真够调皮的。"

看着他的背影我才发现，我已经很长时间不这么跟人聊天了，更别说是一个陌生人。那一瞬间我只听过一次的歌清晰地浮上我的心头：我有没有跟你说过爱是我不变的信仰，我有没有告诉过你爱就是永远把一个人放在心上……

对啊，博文，我有没有？

我有没有？

CHAPTER 2

当我们重遇

相爱　以为是你给的美丽
让我惊喜　让我庆幸
我有一生的风景
命运　插手得太急
我来不及　全都要还回去
从此　是一段长长的距离

——江美琪《想起》

开学的前一天下了一场雨，久违的校园显得格外清新和空旷。叶细细在教室门口一把揽住我的肩说："天意，看我瘦没瘦？"

我转过头，看见她穿一件夸张的长袖衬衫，很惹眼的红色，正在我的面前挤眉弄眼地摆出一个模特的姿势来。

"瘦多啦，越来越人如其名，细得像竹竿！"我说。

她嘿嘿地笑："我游了一个暑假的泳，没减可真是亏大了。"

我眨眨眼："这要问问你们于枫，我说了可不算！"

说曹操曹操到，于枫在旁边问话说："什么事情要问我？"

我跟叶细细相视一笑，然后我说："你好好盘问一下叶细细吧，我先走，不打扰。"于枫却转头对我说："天意你过来一下，我有事要跟你说。"

"有什么事不能当着我的面说吗？"叶细细嘟起嘴。

"看你紧张的样子，还能有什么事！"我赶忙说，"于枫有啥事儿你就当着叶细细说吧，省得她待会儿剥我的皮！"

于枫的脸上露出一丝为难的神色，看着欲言又止的他我故作轻松地说："没什么事我要先进教室了！"叶细细拉了我一把，不过我装作没感觉，头也不回地进了教室。

我和叶细细从小学开始就是同学，关系还算不错。于枫和博文是好朋友，以前博文在的时候我们四人常常在一起玩。不过自从博文走后一切都改变了，很多时候我更喜欢独来独往，我可不希望有谁因为同情而跟我待在一起。换句话说，我也慢慢地喜欢上了独来独往的感觉。

用叶细细的话来说，就是“自恋得有些不可救药”。

无论她怎么说我，我总是好脾气地对她笑，这个单细胞的快乐女生热情向上，对爱情的看法与我有着天壤之别。她一门心思地喜欢着于枫，从不在意任何的伤害也就谈不上会有任何的伤害。她整日整夜地想着他，整日整夜地寻思着该如何更加美丽动人。爱情成为繁忙学业里精致的调味品，很是让人羡慕。

所以，我没有告诉她于枫一直在给我写信的事。

其实博文走后两个月，于枫的信就出现在我的信箱里了，他总是每周寄一封。于枫的文采比博文要好得多，至少博文从来不会给我写那么“感性”的信，比如：“你脸上的寂寞是有光彩的，它总是让我心痛和牵挂，我盼望着看到你的笑，不由自主地希望自己可以温暖你……”再比如：“我想要告诉你，一个男生的思念是可以永远放在心底的，可是天知道，我是多么希望自己有可以让你快乐的理由和勇气……”再比如：“偶尔我会有罪恶感，这样的信带给你的到底是快乐还是困扰呢，我真的没有把握啊。我只想对你说：快乐啊天意，你的笑对我真的很重要……”

也许没有多少女生可以抵挡这些极具杀伤力的句子，可是博文已经让我失望透顶，让我毫无选择地变成一块拒绝融化的冰。虽说于枫的信我喜欢读，但我从不给于枫回信，幸好在学校，于枫从不和我提起关于信里的那些感觉。不管怎么说，我们中间有个叶细细，她对于枫的好感无人不知无人不晓，这让我多多少少会有一些安全感。虽然，这对于细细来讲，也许会有一些不公平。

但只要于枫不说，我不说，等到毕业，我相信一切都会风平浪静地过去。

我在座位上坐下来，教室不知道是谁一大早地来打扫过了，桌面上还有淡淡的水渍。那行许久不见的小字变得异常清晰和刺眼。我用作业本迅速地遮掉了它。

这一天并没有上课，只是报到和开学的动员大会。班主任老丁的脸上有一种“苦大仇深”的伤感，语气里藏着一种“这一年你们如果不拼命天理都会难容”的愤慨。她说到激动处，两手挥舞，不能自已。

大家在下面哧哧地笑。

她一拍桌子说：“笑笑笑，谁笑到最后谁才是英雄！明年此时自然会见分晓！”

这是一个我们都不喜欢的话题，于是没人笑了，教室里显得庄重极了。老丁的目光如扫描仪一样在我们全班同学的脸上扫过，最后落到我身上，她说：“夏天意，一会儿到我办公室来一趟！”

叶细细在我身后说：“哟，一开学就有好事给你呢。”

但我的第六感告诉我不是好事。

领完书本后，我到办公楼敲开了老丁的门，她很客气地招呼我坐，然后说：“你上学期的成绩很不理想呢。”

我低头没讲话，等她的下文。

“你也知道的。”她说，“我们班是尖子班，这次已经有三个同学被淘汰到乙班了，要不是你上学期得了两个作文比赛的奖，这一次被淘汰的就是你了。”

“哦。”我说。

“恕我直言，我感觉你高二整个状态就不对。”老丁说，“最后这一年，你要是不及时调整过来是很危险的。关于这点，看来我还要和你父母好好沟通沟通。”

“别。”我赶紧说，“我调整就是。”

“那好。”老丁说，“你是聪明人，不用我多说，看你的表现。”

“好！那……”我站起身来，“没事儿我先走了。”

“等等。”老丁说，“什么时候我想请你叔叔吃个饭，你替我约约？”

老丁的儿子在我叔叔手下干活，我明白这才是她真正的目的。这个阴险的老丁，我的成绩虽说不算太好，但也不至于到落到乙班的份上，倒是她那儿子衰得够呛，要不是我在老丁的班上我叔叔肯定早就炒了他。看来这次准又是犯什么事儿啦，老丁这样吓唬我不过是想让我或我爸妈替她说点好话。我支支吾吾地说：“吃饭就不必了吧，我叔叔很忙的，你要有什么事打他电话，他帮得上忙就一定会帮的。”

“就是打电话不行我才想请他吃饭，但是我打过好多次电话他手机都关机，你帮我找找他。要不，我请你妈妈替我找他？”

“不用了！”我赶紧说，“我替你找就是！”

“那好。”老丁装模作样地翻开她的教案说，“新学期加把劲！你的成绩搏一下还是有希望进重点大学的。”

“谢谢老师。”我谢过她，闷头闷脑地走出办公大楼，竟发现于枫站在门口。于枫见了我说：“天意，真的有事找你。”

呵，人人都找我。

“什么事？”我问他。

“关于博文。”他说。

“不想听。”我干脆地说，一脚踢翻了面前的小石子。

“可是你一定要知道。”于枫说，“我就不相信你现在一点儿也不关心他了。”

“这关你什么事呢？”我朝着车库走去，“对不起，我要回家了。”

“天意！”于枫追上来，“博文他回来了！”

我猛地站住了。

“你应该去看看他。”于枫说，“他在医院里。”

我回过头，于枫重复说：“博文在医院里，他想见你。”

“他为什么在医院里？”我疑惑。

“白血病，晚期了。”

“于枫，”我愤愤地喊，“我一点儿也不欣赏你的恶作剧。这不仅不幽默，而且很无聊，你知道吗？”

他看着我，脸色苍白，一句话也说不出来。

但是我在他的眼睛里看到一个更苍白的自己，我脚步急促地走向车库。我的肚子很饿，我希望马上可以到家里吃饭，我希望我什么都没有听见，可是这是不可能的事情。我走着走着就不由自主地停了下来，感觉于枫又来到了我的身后。

我头也不回地说：“如果你骗我，我会杀了你。”

“走吧。”于枫说，“我带你去。”

骑车一路飞奔到医院，里面的气味让我头昏脑涨，只是肚子很奇怪地不饿了。电梯很挤，我们沿着旋转的楼梯爬向九楼的特护病房。爬到六楼的时候我实在爬不动了，低着头在那里喘气。于枫停下来等我，在比我高三级台阶的地方，他转过头来问我：“那些信……你都看过了吗？”

我讥讽地笑笑说：“我要是你，我绝不好意思在这个时候提那些信。”

“信，是博文写的。”于枫说，“我只是每周替他转发一封给你而已。”

我惊讶得说不出话来。

“其实，他刚到英国，就查出来这个病。当时以为，是可以好的，所以，他才会一直瞒着你。”

“什么叫当时以为？”

于枫不说话了。我看看他，抬起腿，以飞奔的速度一口气爬上了九楼。

我推开病房的门，没有看到博文。病床上躺着的是一个光头，脸色难看至极，正在闭目养神。我正在左顾右盼的时候于枫在我身后说话了，他说：“博文，天意来看你了。”

我的目光再次回到病床上。那个人睁开了眼睛，那眼神我熟悉，那眼神我一直心心念念不曾忘记，那眼神让我犹如五雷轰顶。我差不多用了全身的力气才站稳，可是眼泪却已经猝不及防地掉落了下来。

“天意，你别哭啊。”博文想从床上坐起来，可是他无能为力，还是于枫及时地扶了他一把。我隔着汹涌的泪水看着他，确信了这真的是博文，我亲爱的博文。为了感觉更真实一些，我伸出手去触他的脸。他握住我，把我的手贴在他冰冷的脸颊上，然后他说：“天意，对不起。对不起，天意，我实在是想见你。”

我没有办法吐出一个字来。

于枫插话说：“你们别这样，会好起来的，现在医学这么发达，别怕。”

“是的。博文，你别怕！”我擦干眼泪说，“等你好了，我们一起去念大学，我拼命学好数学，我们还可以在一所学校念书，你一定可以好起来的。要是钱不够的话，我们去募捐。要不，我去跟我叔叔要，他有的是钱！”

“天意。”博文虚弱地笑着说，“你不恨我吗？”

我抱着他呜呜地哭，直到护士小姐来拉开我，很严厉地吩咐我们出去。于枫拉着我出了病房，正好遇到博文的表姐拿着一瓶开水过来。见到我，她很勉强地笑了一下，然后问我：“见过博文了？”

“博文的病到底怎么样？”于枫代我问道。

博文的表姐摇摇头说："要是有办法，也不用接他回国了。这不，他妈妈都急得倒下了。多好的孩子啊，一家人最大的希望……"

表姐说到这里也说不下去了，脸直直地对着墙壁。

"我要留下来陪他。"我对他们说，"我一定要留下来陪他。"

表姐和于枫跟护士说了半天，好不容易才征得护士同意，但条件是我不可以和病人说话更不可以影响他休息。我连连点头答应。

那天下午我一直在医院里陪着博文。我不敢多说话，其实也没有办法跟他说。他握着我的手，一直在昏睡。偶尔醒来，将我的手握得更紧一些，再睡过去。我一生中从没有流过那么多的眼泪，它们汹涌地来，缓缓地去，打湿了病床前的一小块地面。我一边默默流泪一边回忆着那些于枫寄到我信箱里的信，我真不敢相信它们都是那个在作文里用一个形容词都会觉得牙酸的博文所写。我真后悔曾经那样不明真相地恨过他、怨过他、努力遗忘过他。

病房里渐渐地暗了下来，整个下午像一场昏暗而绝望的梦。要不是博文表姐赶我，我还不愿意走。摇摇晃晃地回到家里，已经快八点了。妈妈正急得像热锅上的蚂蚁，见了我，尖声而急促地问我："你跑到哪里去了，这么晚回来怎么电话也不打一个？你爸爸出去找你到现在也没回来，想要急死我是不是？"

"医院。"我全身虚脱，一个字也不愿意多说。

"你怎么了？"妈妈也许是被我的脸色吓坏了，一把扶住我说，"你哪里不舒服？怎么不让我们陪你去？"

我推开她说："不是我，是博文。"

"博文？他怎么了？"

"他回来了，白血病。"我倒在沙发上，"他们说他得了白血病。"

"那孩子，他成绩挺好啊，可惜。"

妈妈并不知道我和博文的故事，她只知道博文的成绩不错。所以她立刻绕开这个话题板着脸对我说："我刚才打过电话到丁老师家了，她今天找你谈过话对不对？"

"对。"我说，"她儿子可能又出什么事情了。"

"先别说她儿子。"妈妈说，"先说说你，丁老师说你去年一年学习状态都不怎么对，这到底是怎么回事？"

"你听她瞎扯！"

"我今天才知道你的成绩只能排到三十几名。"妈妈说，"以前是对你太放心了，只看看总分就没过多地追究你，你看小说写小说，因为是你的爱好，我们也没太过管你。不过从今天起你不能再这样自由散漫了，我会给你请家教每晚替你补数学，你放了学就要赶紧回家，那些小说也给我全收起来。"

"最近不行。"我说。

"你最近要干什么？"妈妈问。

"我放学后要去医院。"

“去医院干什么？”

“陪博文。”

“他要你陪什么？他们家人难道都死光光了？”我妈一不讲起道理来就是这么口不择言。我真不明白，一个人就要死了，可是她还在这里无动于衷地说着这些不讲道理的话。我懒得理她，背着书包进了我自己的小房间。

她跟在我身后喊：“像今天这种事情永远都不可以再发生，不然有你好看的！”

“随你。”我忍无可忍地回嘴说，“你要怎么办都随便你，不过我告诉你，我是一定要去医院的，每天放学后都会去！”

“你说出你的理由！”妈妈愤怒地喊道，“你说出你非去不可的理由，等你爸爸回来，让他和我一起听听！”

“因为我男朋友就要死了！”我的哭喊声远远超过了妈妈的分贝，“他躺在医院里，他就要死了，我要天天去陪他！”

妈妈一耳光重重地甩到我的脸上。

空气静穆了好几秒钟，我把书包重重地摔到地上，拉开家门跑了出去。

妈妈也跟着我跑了出来，楼道里很黑，我跌跌撞撞地下了楼，慌不择路地躲在了停在小区车库外边的一辆汽车旁。妈妈没有看到我，朝着小区的门口跑了过去。

我在车子旁缓缓地蹲下来，紧咬着嘴唇，尽量不让自己哭出声来，不想让泪水继续地泛滥下去。我就一直在那里蹲着，连站起来的力气都没有。那辆车不知何时已经开走了，有人经过我身边，喊我："天意，是你吗？"

我抬起头来，看到凌夏。

他正俯身下来好奇地看着我："真的是你？我认出你的外套。你怎么了？一个人蹲在这里干什么？"

我不知道怎么回答他，他伸出手拉我说："起来啊，是不是跟妈妈吵嘴了？"

"你拉拉扯扯的干什么？"一个很凶的声音响起，是调头回来的妈妈，她上前来一把拉开凌夏说，"你是谁？在这里干什么！"

凌夏尴尬地指指上面说："我是你们的邻居，昨天刚搬来的。"

"这里没你的事！"妈妈拉住我说，"走，跟妈妈回家。"也许是被我吓住了，我感觉得到，她在尽量让自己的口气缓和下来。

"是啊，快跟妈妈回家吧。有什么不开心的事第二天就会过去啦。"凌夏笑笑，"我先上去啦。"

我跟着妈妈回了家。

那晚，家里异常地沉默，爸爸也回来了，他和妈妈都没有再责备我。他们打了两个电话，吩咐我早点洗澡睡觉，就到他们的房间里叽叽咕咕去了。想到躺在医院里的博文，我心乱如麻，坐也不是，站也不是，就在这个时候，隔壁的吉他声又传了过来。凌夏唱的是一首我似曾相识的歌，但我敢保证，他对词曲都做了一些改变：

女孩　为什么哭泣
难道心中藏着不如意
女孩　为什么哭泣
可知你的眼泪会让我更伤心

年纪轻轻我们初相遇
你的微笑是世间最大的甜蜜
蓝天知道我白云明白你
什么也不用说
就这样永远在一起……

我不由自主地推开窗，看到正站在阳台上扣弦而歌的凌夏。他也看到了我，在夜色里向我绽开一个微笑，问我：“心情好些了吗？”

我靠在窗边轻轻地要求：“昨晚的歌，可以再唱一遍吗？”

CHAPTER 3

秀水街的吧

等于结束的爱情　我和你
从两个窗口看出去
往事远远地　演着一场无声的电影　没人注意
…………
因为太了解所以很伤心
没有你只好听着风的呼吸
却有种叫作时间的东西　说没问题
最后我们会痊愈

——孙燕姿《了解》

“如果你的生命只剩下最后的一天，你最想做的是什么？”

“别胡扯！”

“我想对每一个认识我的人说，我爱你。”

“拜托！牙都要被你酸掉了。”

“天意，我好困。”

“那就睡一会儿吧，我去把花瓶里的花换了，细细才送来的花真漂亮。”

“你慢点，水房里滑。”

…………

这是我和博文之间最后的对话。当我拿着盛了清水的花瓶从水房往回走的时候，我听到了从博文病房里传出的撕心裂肺的哭声。我靠墙稳住了摇晃的身体，从里面奔出来的叶细细一把抱住了我。

太快了。

我和妈妈之间的争执还没有到白热化的地步，瓶里的幸运星只叠到一半，班里的募捐活动才刚开始筹划，许多的话还没有来得及说出口，他就悄悄地走了。

这是我第一次体会到生命的脆弱和无情，生与死，原来就是在这转身之间。叶细细一直抱着我，她冰冷的脸贴着我，说：“天意，天意，你想哭就哭个够吧。”但是我一直都没有哭。那个夜晚我无法入睡，妈妈来看我数次，我都闭上眼睛装作睡着了，爸爸也进来看我，妈妈低声对他说：“这孩子，不知是从哪一天开始变得这么稀奇古怪，唉！”

“你别讲她了，过两天就会好的。”还是爸爸脾气好。

再接下来又是妈妈的叹气声，在寂静的夜里连绵不绝。

他们终于出去，替我带上门，还给我安静。

隔壁阳台上的歌声一直没有响起，我一直在等，我有两天没有听到凌夏唱歌了。我躺在床上，看着窗外满天的繁星，星光很冷，不知道哪一颗会照亮博文远去的灵魂。估计着爸爸妈妈都睡着了，我起身来到了阳台上，就在这时我看到了凌夏，他正在阳台上伸着懒腰。见了我，他奇怪地说：“这么晚了你怎么还不睡？”

“睡不着。”我说。

“呵呵。”他在我面前卖老，“半大的孩子心事多。”

我走近一些，看着他一字一句地说：“我男朋友死了。”我也不知道为什么，此时的我，竟会渴望和一个陌生的人聊天。

他怔了一下问我：“你说什么？”

“我男朋友死了。”我说，“就在今天，白血病。他还没满十八岁。”

“天意。”他很认真地问我，“是不是真的？”

“这好撒谎吗？”我说，“我真愿意我是撒谎。”

“对不起，我不知道该说什么好。”他说。

“你今晚怎么没唱歌？”我问他。

“唱不动了，刚唱了三个多小时。”他说，“我们乐队从前天开始在酒吧演出了，所以我每晚会回来得晚许多。”

“真遗憾。”我说。

“有机会来听我唱歌啊。我们乐队很不错。”凌夏从上衣口袋里掏出一张名片递给我说，“酒吧的地址在上面，是个不错的地方。”

“好。”我把名片收起来。

“去睡吧。”他朝我挥挥手说，“睡一觉起来，会好许多。”

“好吧。”我说。

我回到床上躺好的时候忽然听到了木吉他轻柔的弹奏声。夜很深很深了，凌夏没有唱歌，但他很专心地弹完了那支优美的曲子，我知道这支曲子是为我而弹奏的。这个萍水相逢的好心人，弹出的曲子安详而动听，他知道此时的我需要的是什么样的安慰。

我怀着感激的心终于睡着了。

第二天，我醒得很晚。妈妈单位远，一早就上班了。爸爸摸摸我的额头说：“要不，你就在家里歇一天吧。”我点点头。

中午的时候妈妈来了电话，她在电话那边喊：“你真没去上学？我的姑奶奶，你到底要怎么闹才算够！”

我挂了她的电话，不过我还是决定去上学。

走进教室的时候满教室的人都同情地看着我。还记得博文去英国的那一天，好像他们也给过我这样同情的目光。我在老丁的课堂上睡着了，不过她并没有责备我。

放学的时候，于枫在车棚边拦住我说：“你别骑车了，我带你回去吧，反正顺路。”

“不用。”我说。

于枫却不由分说地替我把车推进了车棚，淡淡地说：“我答应过博文要照顾你。”

“就让他带你吧。”叶细细拉拉我说，“他心里也不好受。再说看你的状况，也不适合骑车。”

我没有再坚持。

坐在于枫的车后座上回家，妈妈等在小区的门口。我一看到她，赶快从于枫的车上跳了下来。于枫喊了她一声阿姨，就调头飞快地骑走了。

妈妈脸色铁青，一句话也不说地带我回家。直到家门关上了，她才咬牙切齿地对我说：“说吧，你到底想怎么样？”

我不想和她吵，于是走向我自己的房间。

她却一把拉住了我，继续厉声问我：“你说，你说，你到底想怎么样！”

“什么也不想。”我说，“妈，你可不可以不要跟我吵？”

“好。那我们坐下好好谈。”她终于放低姿态。

“对不起，我现在什么都不想说。请你尊重我，要打要骂，再过两天好不好？”我说完，转身进了自己的房间，把门反锁了。

我没有出去吃晚饭，因为我什么也吃不下。我握着博文留给我的随身听傻傻地发呆。也不知道自己需要多久，才可以接受博文已经离去的事实。

一直到夜里九点多，叔叔来了。他轻轻敲我的门说："天意，我是叔叔。"

叔叔比我爸爸小七岁，是奶奶的老来子。和老实巴交的爸爸不一样，叔叔是我们家族的骄傲。他自小成绩就好，从清华大学毕业后出国待了三年，然后回国自己开了一家公司，几年时间不到，资产已是几千万。我自小和叔叔感情很好，从小学起他就老替我补课，我算不出题来他从不骂我，而是耐心地跟我讲了又讲，在我面前一点总经理的架子都没有。有时候我把我的作文给他看，他会兴奋地读出声来，然后夸我说："我们家出了个小张爱玲呢！不错，不错！"

"开门呢，天意。"他继续敲。

我把门拉开。叔叔对我笑笑，走了进来。

"我不想听任何的劝告。"我说，"行行好，就让我安静一会儿。"

"我带你出去吃点东西吧。"叔叔说，"你妈说你没吃晚饭。"

"你带我去听歌吧。"我从枕头下拿出昨晚凌夏递给我的名片。我发现我想念他的歌，只有他的歌声能让我忧伤浮躁的心得以安宁。

"OK，"叔叔很爽快地说，"你加件外套，我们出发。"

我和叔叔一起走出小屋，首先看到的是妈妈的目光。她担心地看着我，看着在一夜之间显得陌生的女儿。黄昏的时候她还曾拍着我的门大喊大叫，但现在，绝望的伤心已经让她失去所有责备我的勇气。

“放心吧。”叔叔拍拍她的肩，“我带她出去吃点东西，负责安全送她回来。”说完，他拉着我下了楼。月光柔柔地照着，我发现他换了新车，看上去不错。

他一边发动车子一边看着我给他的名片问我：“秀水吧，你去过吗？”

“没有。”我说，“想去听歌，听说那里的乐队不错。”

“是吗？我年轻的时候也喜欢听歌。”叔叔说，“我那时听齐秦和唐朝。把歌词抄在笔记本上，呵呵。”

“你那时不是天天都在念书吗？”我说。

“那是假象！”叔叔咧嘴大笑说，“看来我骗过了所有的人。我还追过两个女生呢，你们也都不知道吧。”

“大大地狡猾！”我说。

“我知道你难过。”见我心情稍好，他趁机教育我，“你妈说你莫名其妙，我说她是不够了解你。你们这一代和我们那一代是完全不同啦。不过呢，你也不该让她那么担心么，她打电话给我的时候，都快哭了呢。”

“博文是我很不一般的朋友。”我对叔叔说，“你不了解。”

“我了解。”叔叔说，“你要相信我，过一些时间，你会恢复的。”

“怎么会？”我把头俯下来把眼泪硬憋回去，“大人都是这样没心没肺吗？”

“我们只是比你更能接受命运的残忍。”叔叔腾出一只手递给我一张纸巾说，“想哭就哭吧，我可不会笑话你。”

“不哭。”我硬撑着说。

“天意，会痊愈的，你相信我。有一天，伤心会化作记忆里永久的甜美。”叔叔抒情地说，一点也不像是学理科出身。

他继续说：“人生苦短，聚散无常，很多分离再不愿意也得接受，最重要的是你自己要好好地活下去，活出个样子来，知道不？”

“不知道。”我自暴自弃。

他并不生气，而是转头看着我微笑。他的微笑让我想起博文，如果博文可以继续活下去，他应该可以像叔叔这样，对自己的人生运筹帷幄，做任何的事情绝不拖泥带水，并且胸有成竹。他有这样的能力，我深信不疑。

只可惜，天妒英才。

我叹息。

叔叔说：“昨天还是包在睡袋里的小婴儿，今天已经懂得生命的无常，学会像模像样地叹息。这时光是不是快得惊人呢？”

我把脸放在手心里，手心很快就潮湿了。

“秀水吧”在一条很寂寞的大街上，叔叔的车绕了好几圈才找到。大街上显得空落和寂寞，走进酒吧却完全是另外一番景象，灯光迷离，杯盏交错，音乐热闹地响着。我和叔叔找了个相对安静的地方坐下来，叔叔问我：“你常来这种地方？”

“第一次。”我说。我的眼光投在小小的舞台上，寻找那个叫凌夏的人。我认出了他，他坐在话筒前，正在专心地弹着一首曲子，抱着电吉他的他和阳台上弹木吉他的他是那么不同，我正在迷惑的时候他的歌声已经响起：

你把蓝色的梦写下当作海洋
沉甸甸的行装，不停的脚步
夜风滑落的时候，你望着星空
伴着歌声，忘记了寒冷和孤独

无助的朋友，你走在路上
无助的朋友，你望着天空

在梦醒的地方你是否曾感到孤独
你从未想过会这样满足
也许从前的你并不如此寂寞
也许没有希望，就不会被失望吞没

无助的朋友，你走在路上
无助的朋友，你望着天空
…………

我在凌夏的歌声里听到一种撕裂的深情和坠入深底的寂寞。他和他的乐队用他们的音乐，直击我十七岁漫长的伤痛和无助。可惜的是现场的知己看样子并不多，我在稀稀落落的掌声里站起身来挥舞双手向凌夏致意。他看到了我，很高兴地笑了，然后给我做了一个打招呼的手势。但是他没空和我说话，随着变幻的音乐，他唱起第二首歌：

留下你的影子
涂上我的颜色
在时间里掩埋
只不过是快乐

接好我的硬币
然后把我忘记
没人将我带走
就像我从未带来什么

呵，我只是路过……
请不要怀念我的微笑，我的任何
呵，我只是路过……
呵，我只是路过……

间奏的时候，凌夏忽然说："这首歌，送给美丽的女孩天意，路过的已经路过，留下的且当珍惜。"

"呵。"叔叔恍然大悟说，"原来你们认得。"

“邻居。”我说，“他才搬来没几天。”

“歌不错，值得一听。”叔叔说。

“他在阳台唱歌被我听到，不知道为什么，我特别喜欢听他唱歌。每次听他唱的时候，都觉得心里特别地安静。”

“喜欢是不要理由的。”叔叔喝下一口冰啤酒说，“不介意说说那个叫博文的男孩？”

我知道他是妈妈派来的间谍，不过在这种环境和心情下我还是愿意跟他聊聊博文。我说：“我们很要好，高一的时候，几乎天天在一起。”

“你妈无法接受‘男朋友’这种说法，她惊讶到愤怒。”

“呵，以前我自己也不接受。高二的时候他去了英国，过去的一年，我没有一天不恨他。我甚至因此而怀疑过全世界，你知道吗？可是现在他走了，再也不会回来，如若不是亲身经历，你不会了解那种痛苦。我知道我妈伤心，可是事到如今，我没有办法顾及她的感受。”

“路过的已路过，留下的且当珍惜。”叔叔说，“你没听刚才那男孩说吗？你妈妈是很爱你的，让她伤心怎么说都是你的不对。”

“好吧。”我说，“我回去跟她说对不起。”

“挺懂事呵。”叔叔把三明治往我面前一推说，“给点面子吃点东西。”

我咬着三明治的时候凌夏从台上下来了。

他拉开我旁边的椅子坐下说：“没想到啊，这么快就来捧我的场！怎么样，心情好些了吗？”

“还好，谢谢。”看他盯着叔叔看，我连忙介绍说，“这是我叔叔。要谢谢他今晚带我来这里，这里好难找。”

凌夏笑着向叔叔伸出手说：“夏总，你好！”

“呵？”叔叔跟他握手，“没想到我这么有名。”

“我有句歌词：‘世界很小，而我们总是狭路相逢。’”凌夏笑着说，“更何况您本就是我市的大名人，民营企业的领头羊，一年能替市里解决好多下岗员工的就业呢。”

“哈哈哈。”叔叔大笑说，“你干记者的？”

“不。”凌夏说，“小职员一个，混口饭吃。”

“一技在身，走遍天下。”叔叔做一个弹吉他的手势说，“就凭这一点，你这口饭应该混得不错！”

“承夏总吉言。”凌夏起身说，“我要唱歌去了，天意你想听什么？”

我毫不犹豫地说：“我有没有跟你说过爱是我不变的信仰，我有没有告诉过你爱就是永远把一个人放在心上……”

“我就知道。”凌夏说，“你真是个一根筋到底的女孩！不过也好，像你这样的人不容易移情别恋。”

说完，他跟我们眨眨眼，回到台上去了。

等到他唱的时候，我才知道，原来那首歌的名字如此伤感，竟叫《离人》。

CHAPTER 4

没完没了的秋天

漫步在荒原我想找一棵栖身的树
有阳光有流水
还有微风吹
…………
这些对那些好我想追我想逃
其实我也害怕
可不可以就这样停下来
我要多一点时间好让我再想一想

——陈绮贞《让我想一想》

这一年的秋天，感觉特别长。树叶老早就黄了，可依然生机勃勃地黄在枝头，迟迟不肯凋落。我们做着没完没了的习题，考没完没了的试，校园变成一座了无生趣的象牙塔，走不出去，也根本无暇走出去。

叶细细没空减肥了，整日缠着于枫给她讲题。偶尔，我们有空在秋天的校园里漫步，脚步凌乱，胳膊碰着胳膊。事实证明，读书是很折磨人的好心情的，叶细细的“淑女屋”不穿了，变成很随意的白色T恤。我漫不经心地问她：“想考哪里的学校？”

“想和他考到一起。”叶细细抿嘴笑着说，“我们都喜欢上海。”

“很好啊。”我说。

“天意你笑一个吧。”叶细细忽然说，“我想看你笑。”

“神经。”

“是真的，你笑起来可好看了，可是你真的好久没笑了。”

“哎，别让我为难好吗？”我求她。

她耸耸肩：“好吧，我亲爱的冰美人。”

也许我真的很少笑，但其实我的心情并不算太坏，除了在家里，会感觉到轻微的压抑。

博文的葬礼结束后，我和妈妈之间有过一次长谈。说是“长谈”，其实差不多都是她说我听。最后的结果是：只要我期末考试能进前二十名，以前的一切便一笔勾销不再提起。我不知道这所谓的“以前的一切”都代表着些什么，但为了耳根清净，我差不多是屈辱地接受了这个协议。

叔叔听我说到“屈辱”，笑得跟什么似的。然后他敲了我的脑门一下转开话题说：“复旦中文系，南大中文系，北大中文系，你向往的是哪一所？”

“我向往有什么用，还得人家要我呢。”我酸溜溜地答。

“努力呗，你又不笨。”叔叔说，“你生来就是学中文的，我看你发表的作品，比那些作家写得还要好！”

“高考才不管你这些！再说了，我妈说是垃圾。”我说，“就说我才在《少年文艺》上发表的那篇小说《欲望的舞蹈》吧，我妈一看这题目就差点晕过去，我就知道她想歪了，其实我想说的只是一个高三的学生对自由生活的一种渴望而已，唉！”

“哈哈，那你现在还写东西吗？”叔叔问我。

“没空。”我说。

我在撒谎，我早就重新开始创作那篇曾打算写给博文但中途停止的长篇小说了。不知道为什么，当我坐在电脑前敲字的时候，只要想到博文，灵感就会绵绵不绝且不断闪光，比我任何一次的写作都要轻松和迅速。

我愿意相信叔叔所说的，总有一天我会痊愈。或许写作，就是治愈伤口的最佳方式吧，就像凌夏可以在他自己的歌声中感受到极致的快乐一样，写字让我有飞翔的感觉，不管是在什么样的环境下，我都无法放弃。

至于发不发表，反倒成了其次。

“天意以后就当个作家吧，”叔叔说，“我支持你。”

“其实文章写得好的人很多啊，哪里有那么容易。”我谦虚地说，“可以做自己喜欢的事情也许就是一种幸福，你说对不对？”

“这话挺有见地！”叔叔笑着说，“对了，你明天去跟丁老师说一声，她儿子我已经重新安排了，让她不必再担心。”

“老丁一直想请你吃饭。”我说。

“呵呵。”叔叔只是笑。

“对不起，叔叔。”我低着头说。

“你这孩子，好好地干吗说对不起？”

“我知道都是因为我，所以你才不能坚持你的原则。”

叔叔宽慰地看着我说：“瞧，都会说体贴人的话了，谁还敢说我们天意不够成熟？”

“拜托，我都快十八了。”

“多好的年纪！”叔叔说，“我做梦都想回到十八岁！要不是常常跟你在一起，我真会觉得自己越来越老啦！”

“那这个周末我们再去听歌？”看他心情好，我赶紧试探着问。

“真是对不起，这个周末我出差。人在江湖，身不由己啊。”他捏尖了嗓子学我说话，“不过呢，可以做自己喜欢的事就是一种幸福，你说对不对？”

对呀，没错。

所以为了幸福一回，周末的时候我还是决定去听歌。

叔叔这块挡箭牌不在，为了避免妈妈无休无止的询问，我决定拉上叶细细。叶细细很高兴可以做我的同谋，因为她也正被学习搞得头晕目眩急需放松。那晚七点，叶细细来我家喊我，以到同学家补课为由，我们很容易地撒了谎，不到八点已经稳稳地坐在了秀水吧里面。

酒吧里的人还不算多，凌夏看到我们，走过来说："啫啫啫，两个坏丫头，快考试了还来泡吧。"

叶细细嘻嘻笑着说："你就是凌夏吧，天意老在我面前夸你。我倒要来见识一下你到底唱得有多好，是不是她吹的！"

"是吗？天意你老夸我？"凌夏盯着我说，"牛皮破了我可不负责任哦。"说完，他朝侍应一招手说："给两位小姐来两杯橙汁，我请客。"

"No，no，no，红酒！"叶细细胡闹。

"真的？"凌夏问。

"到这种地方喝橙汁还不给人笑死。"叶细细说，"天意你别怕，有我罩着你。"

"我怕什么，还怕喝不过你？"我说。

"那两位小姐悠着点，不能都醉了，背一个我还背得动，背两个就成了问题。"凌夏说到这里，台上的乐队已经在用音乐催他，他朝我们挥挥手，赶紧上台去了。

凌夏说："第一首歌，是乐队今天才写完的，叫《凌晨两点的秀水街》。"

"有意思。"叶细细晃着脑袋说，"听听看。"

凌夏的声音极具弹性，低的时候显得深情迷离，高的时候又格外轻松自然，不经意之处还略微沙哑，让人不由自主地沉溺其中：

凌晨两点
我走在无人的秀水街
那年的秋天
我们在这里许下永远
今天的你
已经飞到海角天边
于是今年的秋天
一直都没有过完
哦，这没完没了的秋天
哦，这短得可怕的誓言
哦，我无法忘掉的从前
哦哦，这凌晨两点无人的秀水街
…………

叶细细在我耳边说："我敢说，这家伙是在这条街失恋的，瞧他那深情的样！"

"这是表演而已。"我说，"怎么样，唱得如何？"

"还行。"叶细细挺专业的样子，"不过乐队这样唱是没前途的。"

“那要怎样？”我问她。

“太深情了些，要颓废你懂不懂？”她一边说一边扭着身子怪声怪气地唱起来，“我不想活了，活着没劲，我不想活了……”

我赶紧捂她的嘴：“唱什么呢，吓死人！”

“真的！”叶细细很认真地说，“我去看过很多地下乐队的表演，都是这样子的。过了十二点，还唱带点‘色’的呢，他们这种清纯派，呼呼，要吃香很难哦。”

“呀！”我瞪大眼说，“看不出来你这家伙挺前卫的，那种表演也去看？”

“不是啦。”叶细细赶紧晃着双手，“这个是听说的，不是亲眼见的。”

“谁说的？于枫？”看她着急的样子，我故意逗她。

“他？”叶细细把头凑过来说，“胆子小得像老鼠，你知不知道，他抱着我的时候会全身发抖，嘿嘿……”

“停！什么呀！”我蒙住自己的耳朵说，“你是不是喝醉了，乱说！”

“老实交代！”叶细细继续凑过来，逼供一样地问，“博文有没有抱过你啊？有没有，有没有？”

有的。

还记得那是一次下了晚自习以后，为了可以多走一会儿，我和他绕路回家。我们经过一棵很奇怪的树，树上开满了白色的花。我靠在树边，他的手伸过来，扶住了树干，袖子轻轻地贴住了我的衣服。我不敢看他，于是仰起头来看天，满天的星星让我头晕目眩，然后他拉了我一把："走吧，天意，该回家了。"

那应该是我们最亲密的接触，一场没完没了的发生在秋天的可恶的记忆。

"打住吧。"叶细细喝下一大口酒说，"你的脸红了！"

我有些恼羞成怒地夺下她的酒杯，往桌上重重地一放说："别喝了，胡说八道的，真是讨厌！"

"是你讨厌！"叶细细忽然喊起来，"你整天板着一张脸，好像全世界都欠了你的。可是我们有什么错呢，博文已经死了，死了！这是事实，你必须接受！"

她的喊声太大了，以至于很多人都转头朝我们看了过来，台上的音乐也做了稍稍的停顿，凌夏正一边唱一边担心地看着我们。

"你没有权利让他那么担心。"叶细细的声音从高喊迅速地低了下来，夹杂着一种莫名其妙的伤感。

"什么？"我不明白，"你说谁？"

"于枫！"叶细细一字一句地说，"我说于枫！他关心你，他心里只有你，你不要装作不知道！你也别以为我不知道，你整日楚楚可怜的就是为了得到他的关注和同情！"她说完，站起身来飞奔了出去。

我总算是听明白了，可是，这都是什么鬼话！简直滑稽到了极点！

我独自坐着，脑子里乱作一团。就连沮丧，都全然失去了力气。

一首歌完毕，凌夏很快就从台上下来了，他坐到我身边问我：“你的朋友，她怎么了？怎么走了？”

“她神经。”我说。

“瞧你，可别哭。小姑娘们吵吵架是必然的事，再见面就会好啦。”

“凌夏，”我说，“不知道为什么，我最近特别地背。”

“那伸出手来让我给你算算命。”凌夏说，“让我看看你什么时候走运。”

“你会？”我半信半疑，不过手已经放在了桌面上。

“嗯。”凌夏看了看，煞有介事地说，“最近是背点，多事之秋嘛，等冬天到了就会好起来的。”

“可是，你刚才还唱，秋天没完没了。”

凌夏笑呵呵地伸手打自己的脸一下说：“算我瞎唱！下面来首快乐的！”说完，他三步并作两步地跳上台去了。

你不许哭哦
你不许哭
你要是哭
我就挠你痒痒
哎，你不许笑哦
你不许笑
你要是敢笑

我就迟到
我是故意迟到
让你难过让你心焦
我亲爱的姑娘你听好
你不许哭也不许笑
只许你安静地陪我
陪我白头到老
…………

凌夏一面唱一面朝我竖起大拇指，酒吧里的客人嘘声一片，暧昧的目光纷纷投向我，就连侍应生也特意走到我身边说："别苦着脸啦，要跟你白头到老啦。"

我真是哭笑不得。

刚巧那晚来了个试唱的女歌手，凌夏对我说："走吧，今天我们一起回家。"说完，他长长的胳膊放到我肩上来，拽着我的衣服就把我拖出了酒吧的大门。

我拂开他的手一个人往前走。

他哈哈笑着说："小丫头片子挺害羞呢。"又追上我说："你放一百二十个心，我可是百分之百的正人君子。"

"小人都这么说自己。"

"一眼就看出我是小人，厉害。"凌夏说，"怎么样，现在心情好些没？"

“凌夏，我要是说这个世界挺滑稽，你会不会骂我老气横秋？”我问他。

“老气横秋。”他看着我说，脸上一点表情也没有。

我笑，问他：“那些歌都是你自己写的吗？”

他并不答我，而是说：“对，就是这样，你笑起来挺好看的。”

我想起叶细细，她也曾经说过，我笑起来挺好看的。哦，叶细细，原来她是如此恨我，可我却一直以为我们还算是好朋友，这个世界能说不滑稽吗？

“你在想什么？”凌夏说，“被我夸得走神了？”

“我忽然很想去看一棵树。”我对凌夏说，“你陪我去吗？”

他想了想，点了点头。

于是我和他打的去了那条我和博文曾并肩走过的街，我差不多有一年没有去过那条街了。一切都是老样子，只是那棵树没花了，我甚至怀疑，那夜满树的花只是我一个美丽的错觉。凌夏宽容而沉默地站在我身边，过了许久才说：“天意，你真是一个奇怪的女孩子呢。”

“是吗？”我转头问他。

“是的。”他微笑着说，很快又补充，“不过挺可爱。”

“谢谢你的安慰奖。”我说。

他又哈哈笑起来：“也许你忘了，我们见面的第一天，你就给过我很好的建议，直到今天，我都在考虑这件事。”

“什么事？什么建议？”我真的是不记得了。

“辞职。”凌夏说，“你走向你的家门，然后转过头来让我辞职，我当时就想，这丫头怎么这么了解我呢？”

我想起来了，当时凌夏问我何时练歌大家不会有意见，我就顺口胡说让他辞职来着，谁知道他竟会如此在意。

“缘分是很奇怪的东西。很高兴你喜欢我的歌，这说明我们有缘分呢。”凌夏说完，忽然拉我一把说，“走吧，天意，该回家了。”

他的语气，和那晚的博文竟如出一辙，我瞬间跌进时光的隧道，心晃悠悠地老半天回不到自己的身上来。

“走啊。”凌夏又说。

“哦哦。”我慌乱地应道，忽然想起凌夏的歌：

哦，这没完没了的秋天。哦，这短得可怕的誓言。哦，我无法忘掉的从前。哦哦，这凌晨两点无人的秀水街……

哦，我该如何，才可以走得出这往事没完没了的纠缠？

CHAPTER 5

高三症候群

像一双翅膀　自由自在飞翔　像毕加索的画像
幸福是说不出　酸酸甜甜的糖
你会一种魔法　让夜晚都发光
123睁开眼　美丽人生在月光下跳舞
都忘了有地图　只有手心的温度
我们慢慢走过　花草香的小路

——梁静茹《美丽人生》

我渐渐地喜欢上夜晚。

爸爸妈妈都入睡了以后，我可以不必再装模作样地微笑或是思索。所有的伪装都可以卸去，我用最真实的心情在电脑上敲下一些字，给自己。在这之前先是上网，QQ很久没开了，就算开，也没有什么好友。信箱里依然有一封信，这回的落款大大方方地写着“于枫”两个字。信很短：“习惯了每个周末往你信箱里发一封信，节哀顺变，祝一切都好（别忘了周一要考英语）。”

我回了信，也很简单：谢谢，晚安。

虽说因为于枫，昨晚的我多少有些难堪，但我相信这些误会迟早都会消除。晚上有过一个电话，来电显示是细细家的，不过她没有说话，“咔嗒”一声挂掉了。我也没有打过去。还是不要解释最好，越描只会越黑。

我只希望她不会太过烦恼。我也相信她不会，照她的性格，应该会比我更先忘了这件事才对。

我写给博文的故事开始变得越来越长，我给它起了一个名字，叫《若即若离》。博文带给我的感觉就是这样，他虽已离去却又仿佛从未离去，让我不忍回忆却又偏偏会回忆。我一边敲下一些细节一边更多地认识自己，在这之前，我从没想到自己竟是这样一个怀旧得要命的人。

那晚的写作相当地顺利，写到男主角对女主角说“我会回来的，无论我走得多远无论我走到哪里”的时候，我的眼泪不争气地流了下来。我删掉了那个句子，那个酸酸的句子，我不愿意看到它。

凌晨两点，我写累了，又睡不着，于是跑到阳台上去看星星。对面阳台上的窗哗地一下拉开来，是凌夏，他正在抽烟，烟头在黑暗里忽明忽灭。

“嘿！”我说，“唱歌可要保护好嗓子。”

他笑：“这么晚还不睡？”说完了又紧接着说，“可别告诉我你睡不着。”

他先知先觉，我要说的话只好堵在喉咙口。好半天才转换好话题：“对了，你的乐队叫什么？我一直忘了问。”

“秀水街。”他说。

“你好像对秀水街情有独钟？”我好奇地说。

“小妹妹，这可不是我喜欢的话题。”他狠狠地灭掉烟。

“对不起。”我说，“我睡觉去了。”

“敏感的小姑娘，所以容易受伤。”凌夏说，“既然都睡不着，不如我们聊聊吧。”

“我可不愿意再为一个陌生人受伤。”我开始反击。

他笑：“高三很苦吧？”

“废话，难道你没念过高三？”一说到高三我就浑身没力气，于是把手肘放在阳台上，撑起我的下巴。

“当然念过，念书念到眼睛滴血。天天对自己说，你考不上就完了。”他一双眼睛在夜里闪烁着迷人的光芒。

“我很喜欢你的歌词。每一首歌。”我由衷地说。

“听说你作文很不错，常常发表文章。”

“你听谁说起？”我惊讶。

“和叶阿姨讲电话的时候她提起的。”凌夏说，“我在和她商量，要把这边的门窗都换掉，以后就可以在家里排练了。”

呵，真没想到他和别人讲电话时居然会提到我。

“你学什么专业？”对他好奇，我继续采访。

“国际贸易与金融。”他很老实地答。

“哇，你一月拿不少钱吧。”

“多少算多？”他机智地反问我。

“吃喝玩乐足够就行。”我说，“再说你赚两份工资，很多人都想的啦。”

“唱歌不赚钱。信不信由你。”他说，“我只希望可以把乐队养起来。”

“你挺白痴的。”我说他。

“都这么说。”他照单全收。

“我也挺白痴的。”想起博文，我骂自己。

“会忘掉的。”凌夏完全知道我在说什么，他安慰我说，“偶尔想起，痛也是一刹那而已。岁月会把你渐渐地变得无情，呵呵。”

他的口气多像叔叔。

我沉默，再次跟他说再见。

“好好睡。”他叮嘱我，“一觉醒来，艳阳高照。”

“下周末我再去听你唱歌。”我说。

“高三咧，”他扫兴地说，“别太任性。”我转身走掉。关上阳台门的时候，想起他的眼睛。他的眼睛，和某人挺像。

我真的挺白痴。

星期一一大早，叶细细在学校门口等我。见了我，扭扭捏捏地说：“对不起啊，前天发酒疯咧。”

我从自行车上跳下来，拍拍裤子不以为然地说：“什么事？我早忘了。”

“嘿嘿嘿。”她不好意思地笑着，拍马屁似的过来要替我推车。我赶紧说：“拉倒吧，你细胳膊细腿的，被人看见还以为我欺负你。”

“你就欺负我吧。”叶细细恳求地说，“你看我居然说出那些混账的话！”

“打住！”我可不想再提。

“Yes!”叶细细说，我没想到一向开朗大方的她竟比我还不能释怀。我们默默地走了一段路，她终于说出最想说的话：“不要告诉他，可好？”

“细细。”我停下来微笑着看着她说，“我真的忘了，也请你不要再放在心上好吗？”

“我听你的。”她说。

走到教室门口的时候看到老丁，她冲我很慈祥地笑了一下，却凶巴巴地对叶细细说：“看你穿的是什么鞋子！”

我这才注意到叶细细的鞋子，是双花花的卡通鞋，底很高，圆圆的鞋头上顶着一朵盛开的大菊花，挺另类的一种美，老丁当然是看不惯。

“快要考试了，心思还在这上面！”老丁继续唠叨着。正巧于枫背着书包侧身经过，也微皱着眉看了一眼叶细细的鞋。叶细细的脸微红起来，很不高兴地坐到自己的座位上去了。

早读课下课后，于枫走到我面前，递给我一本数学参考书说：“昨天逛新华书店看到的，顺便多买了一本，我想对你会有用。”

“哦，我已经有了。”我赶紧说，“巧了，也是昨天买的。”

“是吗？”于枫说，“那真是巧了。”

“谢谢你啊。要不你给细细吧，也许她用得着。”估计细细正在朝着这边看，我压低声音，表情尽量自然地说道。

于枫把书收起来说：“好呵，听说你请数学家教了？”

“嗯。”

“教得还好吗？”

“一般吧。”我说，“就昨天来过一次，听说是师大数学系的尖子，不过我问他一题他起码算了十五分钟，还跟我妈提出要交通费，呵呵。”

于枫笑道：“有什么不懂的你也可以问我。”

“好的。”我说。心里却想，我可不想挨叶细细的白眼和拳头。

他终于从我的位置前走开。走到叶细细座位的时候，我发现他并没有把那本参考书递给她，而是径直走了过去。叶细细很努力地埋着头，没有跟他说什么。

第一堂是老丁的语文课。她的课我一贯是神游四方，不知不觉又开始构思起我的长篇小说来。等我回过神来的时候，叶细细正被叫起来回答问题，我听到她很大声地回答说："我不知道。"

"不知道就不知道。"老丁生气地说，"那么大声干什么！难道不知道还有什么值得得意的？"

"不知道！"

叶细细这声"不知道"比上一次还要大声和理直气壮。

全班笑得一塌糊涂。

老丁吓一跳："吃错药啦？"一边问一边从讲台上走下来，一直走到叶细细的身边，把她书下的纸一抽说，"倒让大家都来看看你画的是什么！"

那张画被竖起来，画上是一个美少年，穿着夹克衫，有一双沉默而深情的眼睛。有好事的男生喊起来："这不是于枫嘛！"

叶细细从老丁手里扯回那张纸，在瞬间撕得粉碎，整个人趴在桌上嘤嘤地哭了起来。

老丁也绝，课也不上了，人靠在叶细细的桌上，抱起双臂，一副"等你哭完我再上课也不迟"的样子。于是教室里安静极了，只剩下叶细细的哭声，一声比一声急促。好在下课铃声及时地响了，老丁对着继续哭的叶细细大声说："哭完后来我办公室！"

说完，收拾好教案头也不回地走了出去。

我第一时间跑到叶细细身边，埋下头哄她说："好啦，别再让人家看好戏了！”

她不理我。

我挠她痒，她很不高兴地把我的手拂开了。我只好走到于枫身边说：“去劝劝啊，眼睁睁看她这样哭啊。”

于枫站起身来去了，果真是一物降一物，没一会儿叶细细就不哭了，站起身来和于枫一起出了教室。

我心稍安。

我相信于枫有能力让叶细细安定下来。

高三了，压力大，偶尔犯点神经是正常的事，相信老丁也不至于太过为难她。果不其然，她一会儿就从老丁办公室回来了。一上午的课老师都在拖堂，我也没时间再去跟她说话，一直到中午放学，教室里的人都走光了，我喊她说：“走啊，快去食堂。”

“吃不下。”她有气无力地说。

“还在发酒疯？”我没好气地问她。

“你去吃吧。”她说，“晚了打不上饭了，别管我。”

“那我就陪你饿吧。”我把饭盒往她桌上一放。这招挺管用，她站起身来说：“要不我们出去吃点好的？”

发脾气的人最大，我只好乖乖地陪她到必胜客，再乖乖地掏钱请客，只求她大小姐可以开心。

说是不饿，谁知道她吃得比我还要多，一大块比萨塞进嘴里瞬间就无影无踪，我好心提醒她：“小心会长胖。”

“胖就胖。”她说，“反正也没人在乎。”

"你呀，我看是得了高三综合征。"我骂她说，"没有一天是正常的。"

"你说他为什么不喜欢我？"叶细细忽然抬起头来对我说，"你跟我说实话，我是不是很不可爱？"

我不知道该说什么。

"全世界都知道我喜欢他，可他居然这样对我。"叶细细把叉子往桌上一摆，眼圈在瞬间就红了。

"在我看来……"我慢吞吞地说，"叶细细是个挺可爱的女生。而于枫，他也非常喜欢你。你完全是在庸人自扰。"

"真的？"她不相信。

"他不是天天替你补课？你一哭他不是赶快来劝？你用用脑子嘛，整天都不知道是在生什么闲气！"

她扑哧一笑，嘴里却仍然说："他那样做，还不都是被逼的！"

"其实以前，博文在我身边的时候我也不觉得，可是现在……"我说不下去了。叶细细见我语气不对，赶紧说："对不起，对不起，伤心的往事别再提。"

于是我们都低下头来狂吃，吃得饱饱的。回到学校于枫正坐在篮球场边看书，见了我们站起身走过来说："去哪里了，到处都找不见你们。"

"你管我？"叶细细矫情得要死。

"去必胜客了。"还是我老实。

"下午要考英语。"于枫说。

“要你提醒！”叶细细越发不像话。

“你今天怎么回事？”于枫也火了，“我看老丁说得没错，真是吃错药了！”

我作势走开，让他们这对冤家吵去。叶细细却硬拉住我不放，说：“你别走，人家等了这么久，你一走还不失望死！”

“叶细细你别胡说。”我呵斥她。

“我是胡说吗？”叶细细看着于枫，“我给你机会，你现在可以告诉天意我是不是在胡说，你有胆子就说！”

“疯了。”于枫把头扭到另一边，气咻咻地看着天空。

“还是不够胆子哦。”叶细细讥笑着说，“早上送复习资料的时候倒是挺有胆子的，只可惜人家不领你情，碰了一鼻子灰吧。哼！”

原来她真的什么都看到了。

于枫被她这么一说，脸上挂不住了，看了看我们，拂袖而去。

叶细细扑在我身上大哭起来。我连忙把她拉到操场边上，无可奈何地说：“你今天就折腾我吧，把我也折腾出毛病来你就遂心了。”

“我太失败了。唯一的安慰是败在你手下。”叶细细的哭声总算小下去。我被她哭得心烦意乱，狠狠心说：“像你这样的疯婆子，我要是于枫我也不要你！”

“我也不要他！”叶细细说，“我从今天起就跟他一刀两断，明天就找个新男朋友给你们看看！”

“佩服。”我说，“我等着看。”

“夏天意你没人性！”她喊道，“我失恋呢，你好歹安慰我一下不行啊。”

“安慰。”我说，“您挺住。”

“男人都不是好东西。”她开始乱骂，好在我不是男人，所以继续留在她身边等她的疯劲下去。

“我不去上课了，没脸。”她说，“我想出去走走，你替我把书包拿着，放学的时候我在‘鱼鱼吧’等你。”

鱼鱼吧是我们学校附近的一家漫画吧，书挺不错，一杯咖啡只卖五元，凭学生证还可以打八折。

出去走走也好，看她那样也没办法正常上课。

“好吧，别乱跑。”我叮嘱她，“走走心情就好了。不是还要考上海的大学吗，下不为例，再胡来我可饶不了你。”

“去他的上海！”叶细细说完，转身就跑掉了。

我决定和于枫谈谈。

那天的英语试题格外地难，考完后交卷已经近六点。我背着我的书包，一只手拎着叶细细的，喊住于枫说：“等我一下。”

“她去哪里了？”于枫问我。

“你若真关心她就不要这么气她。”我说。

“冤枉啊，大人。”于枫也有幽默的一面。

“喏，”我把书包递给他说，“她现在正在‘鱼鱼吧’看书呢，你去赔赔礼，只当一切没发生过。”

于枫把书包接过来，对我说："别信她的那些鬼话，无论我做什么，你应该知道原因。我和他一起长大，如亲兄弟一般。"

我当然知道他说的"他"是谁。我用手势制止他说下去，然后我说："细细挺敏感，你不应该让她伤心。"

"你们女生……唉。"于枫话说了一半，拎着叶细细的大书包走掉了，如果我没有猜错的话，他一定是想说女生的心思真是难猜。

我回到家，有个远房亲戚今晚六十大寿，爸妈都去吃饭了。我吃完一碗泡面，想想叶细细和于枫，觉得心里很烦，正好听到凌夏开门的声音，我就一把拉开了门，问他："怎么你没去秀水吧？"

"今晚我们乐队休息。"他说，"吃过了？"

"吃过了。"我靠在门边，"你呢？"

"在外面糊了两口，呵。"他笑着邀请我，"要不进来坐坐？"

这是我第一次真正意义上进凌夏的家，上一次只是在门口看了看。他有很多的CD，差不多摆了半面墙。那些CD都是我从没见过的，我好奇地拿在手里看了又看。凌夏递给我一罐饮料，在我身后说："这些都是我的宝贝。十年前我就开始收集了。"他把一盘黄舒骏的CD拿在手里对我说："这里面有首《未央歌》听过吗？高三的时候，我差不多天天在听这首歌。"

我不好意思地摇摇头。

"《未央歌》是一本很不错的小说，作者是鹿桥，里面有四个主人公分别叫蔺燕梅、童孝贤、大余和宝笙，后来，歌手黄舒骏把这个故事改成了一首歌，相当不错。来，我放给你听听看。”

当大余吻上宝笙的唇边　我总算了了一桩心愿
只是不知道小童的那个秘密　是否就是蔺燕梅
在未央歌的催眠声中　多少人为它魂萦梦牵
在寂寞苦闷的十七岁　经营一点小小的甜美

我的朋友我的同学　在不同时候流下同样的眼泪
心中想着朋友和书中人物间　究竟是谁比较像谁
那朵校园中的玫瑰　是否可能种在我眼前
在平凡无奇的人世间　给我一点温柔和喜悦

你知道你在寻找你的蔺燕梅
你知道你在寻找你的童孝贤
你知道你在　你知道你在
你知道你在寻找一种永远
…………

我的弟弟我的妹妹　你们又再度流下同样的眼泪
喔！多么美好的感觉　告诉我你心爱的人是谁
多么盼望你们有一天　真的见到你的蔺燕梅

这个叫黄舒骏的歌手我以前并不熟悉，这首叫《未央歌》的歌也和我以前听过的很多歌非常不同，“在寂寞苦闷的十七岁　经营一点小小的甜美……”这歌词简直美得不可思议。我由衷地对凌夏说：“真好听。你把歌词给我抄抄，我一定要把它推荐给叶细细。”

“那天和你一起来听歌的小姑娘？”

“是啊，”我说，“她最近老是发神经，发得我也差点神经错乱。”

“呵呵。”凌夏笑着说，“黄舒骏还有首歌叫《恋爱症候群》，我们那个时候就老称自己是高三症候群来着。不偶尔发点疯，那非人的高三怎么过得去？”

“叶细细要听你这么说一定对你无限感激。”我不好意思再待在他家里，于是说，“我得回去看书了。”

“等你考完了，我天天放好听的歌给你听。”凌夏送我到门口，手忽然拉住门把说，“等等。”

我看着他。

“晚上别再那么晚睡，第二天该没劲上课了。”

“那你晚上还在阳台上唱歌吗？”我问他。

“你要是想听，我就唱首《催眠曲》吧，呵呵。”

“那就算了，别在我作业没做完的时候就把我唱睡着啦。”

我笑着一把拉开门，正看到从楼梯上走上来的妈妈，我没想到她居然这么早就回来了，手里拎着一个便当，想必是给我带的晚饭。

她肯定也没想到我会从凌夏的房间里走出来，于是人怔怔地待在那里，眼珠子都快掉下来的样子。

我心里咯噔一响。

坏了。

CHAPTER 6

白色圣诞节

十二月最后几天　没一片雪　却冷得可怜
我和你分开整整一年
我送给我自己　第一个平安夜
融化在人群里面　电台中响起温馨的音乐
街上的人　双数的心多甜　单数的泪多咸
我都了解　两个人的下雪天
下在心中的雪　谁也看不见

——许慧欣《两个人的下雪天》

进门后，妈妈什么话也没跟我说，拿起电话就打爸爸的手机。爸爸好像喝多了，妈妈跟他说半天也不得要领，只好气愤地扔了电话。

“你别瞎想。”看她六神无主的样子，我主动招认说，“我只是去他家看了看他的CD，他有很多的CD。”

“你怎么知道他有很多的CD？”妈妈的反应飞快。

“他搞乐队的，CD当然多喽。”明知道没用，我还是继续苍白地解释着。

“你怎么知道他是搞乐队的？”她继续紧逼。

这回我倒是放松了，咕哝着说：“整幢楼里的人都知道。”

“你少跟我贫嘴！”妈妈怒吼，“你给我跪下！”

我疑心听错了，从小到大，妈妈对我虽说是挑剔了些，但也从来没有这么凶狠过。我怔怔地看着她，她见我没反应，拿起桌上的一本书就朝我扑过来。那是我刚买的一本参考书，书不算厚，被妈妈卷起来，一下又一下重重地打在我身上。我没有躲，任她打，她终于打中了我的脸，新书的书页在我的脸上划出一道血痕。她这才住手，人摇摇晃晃地坐到沙发上，用手捂住脸，嘴里喃喃地说：“天塌了，女儿居然变成这样，天塌了！”

她的小题大做让我痛心极了。我默默地看了她几秒，转身进了自己的房间。怕她出什么事，我在房间里拨爸爸的手机想让他早点回来，可是他一定烂醉了，根本就不接。我又打开门看了一眼妈妈，她仍然陷在沙发里哭泣，哭声高一阵低一阵。我知道她在想什么，女儿已经堕落了，女儿一有机会就和男生待在一起，女儿让她丢脸极了……我对她既同情又愤恨，可是我实在是无能为力，我实在不知道该如何才可以让她相信我的清白。

夜里十点多，爸爸终于回来了，是叔叔开车送他回来的。妈妈把自己反锁在卧室里不肯出来，是我出去开的门。叔叔把爸爸扶到椅子上坐好，问我："你妈呢？"

我抬抬下巴指指她房间。

"怎么了？"

"在生我气呢。"

"你又做什么事让你妈不高兴了？"这回说话的是爸爸，他人虽然站不稳，脑子却好像挺清醒的。

"等你酒醒了问她去吧。"我说。

"怎么跟你爸爸说话呢。"叔叔吩咐我，"去，倒杯热茶来！"

我到厨房里去倒茶的时候听到叔叔在敲妈妈的门，可是里面半天也没有声音。等我出来，叔叔着急地说："你妈是在里面吗？到底出什么事情了？"

我耸耸肩。

正在这时，妈妈却一把拉开了门，看着我说："对不起，我还没死呢。你现在胡作非为还不到时候！"

"我可没有胡作非为。"我不服气地顶嘴。叔叔做个手势，示意我噤声。

妈妈三步并作两步走到爸爸面前，把我倒给他的茶一把拂到了地上，厉声说：“你喝，你喝，你女儿将来比你还没出息我看你还喝得下！”

爸爸浓眉一竖，摇晃着站起来说：“谁……谁说我女儿没出息！”

“我！”妈妈尖叫着，“就是我说的，不信我们走着瞧！”

爸爸笑着上前拉拉妈妈：“别吵，给兄弟看笑话！”

“你怕人家看笑话，人家都看了你大半辈子笑话了！”

“嫂子，好啦，好啦，”叔叔连忙上去劝妈妈说，“你和大哥快去休息吧，让我来跟天意谈谈！”

“跟她有什么好谈的！从明天起关禁闭！”

“好好好，有什么事明天再说！”

妈妈指着我：“我今天给你叔叔面子，你要是有脸就自己跟你叔叔说，说你都做了些什么，怎么会变成这种样子，你好好跟你叔叔说说！”

妈妈声音尖厉，看着我的眼睛充满了怨恨，我终于忍不住哇的一声大哭了起来。叔叔牵着我，把我带进我的房间，关上了门。

“说吧，”叔叔扶我坐下，“到底什么事？”

“我抽烟了吸毒了，谈恋爱了做舞女啦！！”我抽泣着乱说一气。

“过分啦！”叔叔虎起脸来，“好好跟我说！”

“反正在我妈眼里我就是这样！可是天知道，我不过是从隔壁男生的房间里出来被她看到而已，我只是去听了一首歌，这有什么不对吗？”

“秀水街的那个？”叔叔记性倒是不错。

“嗯，他叫凌夏。”我说，“我们是相当普通的朋友。在我不开心的时候，他的音乐给我很多的安慰。你信与不信，都仅此而已。”

“我信。”叔叔笑着说，“但是我想告诉你一件事，今晚你妈妈只吃了一丁点儿东西就惦记着回来给你送吃的。她亲口对我说，要赶快回去，不能让天意吃泡面，就要考试了，那东西一点营养也没有。”

我的心缩了一下，我也相信，叔叔说的是真的。

“别和妈妈吵。”叔叔说，“你和她有代沟是事实，可是填平它并不只是你妈妈一个人的责任。如果你事事都和妈妈交心，她就不会对你有那么多的疑虑。”

“太难。”我说，“没有办法沟通的。”

“那就慢慢来。”叔叔说，“你奶奶直到现在还管我，不可以吃太多肥肉，不许和女秘书讲太多话，不许讲手机超过半小时，简直比我老婆还专政。呵呵，把子女从头管到脚是天下妈妈的通病嘛。”

“你就会护着她！”

“那是表象。”叔叔呵呵笑，“你还真不知道我护着谁？快睡吧，等我有空了约你，你陪我去秀水街听歌去！”

“真的？”

“叔叔什么时候骗过你？不过我有个条件！”

“说吧。”我泄气。

“周末前把你妈妈哄好，晚安。”叔叔说完，拿起他的大衣回家了。

夜里入睡的时候，隐约听到阳台那边又传来了吉他声。从没有听过的曲子，显得悠长而落寞。我困极了，没有起身，就这样进入了梦乡。

第二天妈妈照例比我走得早。爸爸的酒醒了，问我：“昨晚又和你妈吵啥来着？”

“你问妈吧。”我说。

“她让我问你。”爸爸说，“你们这对冤家，让我说什么好！”

我一边喝稀饭一边埋着头问爸爸：“你是不是也觉得我现在变得不可救药了？”

“谁说的？”爸爸看着我亲切地笑了笑说，“我家女儿我心里有数。”

“可是妈妈……”

“哎！”爸爸打断我说，“你别放在心上，你妈的疑心病又不是一天两天。再说了，她要是不爱你也不会管你，她数落什么你只当没听见就是，快吃，吃完了快去上学吧。”

我点点头。

冬天终于来了，早晨的天是暗灰色的，我穿着厚厚的棉袄出门还是冷得瑟瑟发抖。在小区门口，西装革履的凌夏突然出现在我面前：“天意，早！”

“早啊。”不知道为什么，我不敢看他的眼睛。

“昨晚，没事吧？”他问我。

“什么事？”我死要面子，欲盖弥彰。

“哦，那就好。”他说，“害我担心了一夜。刚才看到你妈妈，她上班去了。”

“对，我妈上班挺远的，所以她走得早。”我忽然想起来，“你那么早就在这里干什么？”

“没什么。”他说，“呼吸呼吸新鲜空气。快走吧，不然要迟到喽。”

“好，再见。”

“等等。”他从口袋里掏出一张纸来递给我，上面写着一个电话号码，“这是我的手机，想听歌的时候打我电话。”

“好。”我把那张纸接过来，再次跟他说再见。

说完再见，我们就往不同的方向而去。我忽然想起几米的那本很流行的书《向左走，向右走》，这种无端的联想让我心里非常地不安，于是我努力地剔除了它。

学校还是老样子，高三的教室里永远都有怎么赶也赶不走的紧张气息。叶细细的疯劲算是彻底过去了。和我说话的时候，细声细气的，眼睛看着窗外，一副对什么都很漠然的样子。我把凌夏给我的电话号码抄在笔记本上，然后把那张纸撕成条扔出去。叶细细眼睛一瞄说：“是电话号码还是爱情密码啊？”

“我才没你那么浪漫。”我轻笑着，把她的头按到桌上的书里。

我们都小心翼翼地不提于枫这个名字。可是我认出了那本参考书，是那天于枫递给我而我没要的那本。体育课上，叶细细不小心扭了脚，是于枫第一个跑过来，背着她上了医务室。我傻傻地跟在后面，叶细细在于枫的背上冲我做鬼脸。爱情的甜美让她忘掉了所有的疼痛，我不是一般地羡慕她。

我和凌夏很多天都没见面。我每夜埋在没完没了的习题里，将门窗关得紧紧的，不再去阳台上看星星。我知道妈妈一直都在暗中观察我，抓不到任何的蛛丝马迹，她总算是稍稍放了心。周末的时候叔叔打电话告诉我替我请到了新的数学家教，晚上就会到我家来。

我说："上次那个不是挺好吗？"

"这个更好。"叔叔说，"是个女孩子，挺能干的，应该和你谈得来。"

哦，是个女孩子。

我明白了，一定是妈妈的主意。

家教准时准点地来了，一个又白又胖的女生。为了知道她的底细，我找了不少的难题怪题给她，谁知都被那女生笃笃定定地全搞定了。我看着她竖起大拇指，她笑了一下问我："我通过考试了？"

我的脸涨得通红。

"我叫罗琳。"她大大方方地朝我伸出手。

"哦，写《哈利·波特》那个？"

"高中生就喜欢卖弄。"她并不是省油的灯，"夏天意，你叔叔付我双倍的价钱，我已立下军令状让你的数学突飞猛进。"

“没那么容易。”我吓她，“当心你得赔他双倍的钱。”我这才知道我的家教费竟是叔叔出的，可是他从没在我面前提起。叔叔对我们家，真是没话讲。

“我看过你写的小说。”罗琳说，“不错。”

“我叔叔给你看的？”

“No。”罗琳提起一本杂志。我是常常在那本杂志上发表东西，看来她并不是吹的。我对她顿生好感，问她：“你还在上学？”

“我是你叔叔单位的财务总管。”她得意地朝我挤了一下眼。

“呵呵，我叔叔挺会招人的。”我说。

“这个工作是我用拳头砸来的。”她笑着说，“你信不信？”

“不信。”我看着她心想，人这么胖，难道会相扑？

“他们招人，我去报名，可是人事主管嫌我太胖，连表都不肯让我填。我一气之下拿着我所有的资料到你叔叔的办公室，一拳头砸在了他办公桌上。没想到第二天，呵呵，我就收到了录用通知。”

“哈哈。”我笑，“没听叔叔提起。”但因为这几句对话我对她产生了好感，于是特意跑到外面泡杯咖啡给她喝。妈妈低声问我：“这个感觉怎么样？”

“挺好。”我小声说，“可是，干吗要让叔叔付家教费？”

“我可没逼他，是他自愿掏钱的。再说了，小孩子家家管这些干什么！”妈妈骂完我，头就扭到电视上不管我了。

我觉得她真是受罪，怕影响我学习，所以名副其实地“看”

电视，一点儿声音也不敢有。爸爸出去打牌了，不到十二点不会回来。我觉得妈妈也挺寂寞的，于是多冲了一杯咖啡放到她面前。她冲我一瞪眼说：“我喝不惯这个！”

杯子却已经先端了起来。

我继续回房间和罗琳攻数学，她给我讲题的时候，思路清晰，口齿伶俐，常常让我有拨开云雾见晴天的好感觉。

我心中暗喜，看样子，我的数学真是有救了。

叶细细嘴里含着馄饨恭喜我。学校食堂的饭菜实在是吃不下，我们就到校外的小店吃馄饨。叶细细说：“天意你只要数学上来了考重点大学绝对没问题。”

“谁说的？”我白她。

“于枫说的。”

“难怪，于枫说什么都是圣旨。”我继续白她。

她咕咕地笑：“你也考上海的学校吧，到时候有得玩啦。”

“你醋劲那么大，我还想保住我的牙。”

她拿起筷子来打我桌上的手。这是上次的事情后我们第一次如此轻松地提到于枫。看来，那些芥蒂已成过去，挺好。

所以圣诞节那天清晨收到于枫的贺卡的时候，我相当地坦然。因为圣诞节还是我的生日，叶细细最羡慕我的就是我的生日是在这一天。

那是一张纸质的贺卡，装在信封里，看上去厚厚的，我刚从公车上跳下来于枫就走到我面前，把它递到我手里说：“圣诞快乐，生日快乐。”

“谢谢你。”我接下，“看来我只有回送你一张电子贺卡啦。”

“没关系。”于枫和我一面走一面说，“你最近数学进步很快啊，上次那道题你居然会用那么简单的方法，要我想也想不出的。”

“我家教挺好。”我说。

“他的交通费要到了吧？”于枫记性真是挺好的。

“早换一个啦，现在是个女生。”

“呵。”于枫说，“不看看这张贺卡？”

“好啊。”我当着他的面拆开来。一看上面的字，泪就忍不住地流了下来。那是博文的字，有些歪曲，但肯定是他的！上面写着：“亲爱的天意，没有我的圣诞节快乐，生日快乐，有生的日子天天快乐。”

“这是博文在病床上写下的。”于枫说，“他让我在你生日这天交给你。别哭啊，你应该高兴才对，是不是？”

我擦掉眼泪，内心自是百转千回。

“走吧。”于枫拉我一把，“不然要迟到了。”

校门口站着叶细细，她很开心地笑着，把一个包装精美的盒子递到我面前，也祝我生日快乐，并嘱咐我回家才许拆开。于枫从我们的身边悄悄地走了过去，在学校，他总是不太和叶细细说话。

“可别误会。”我扬扬手中的贺卡说，“是博文给我的。”

“呀！”叶细细的小脸吓得煞白。

“别乱想，是他生前写下的，托于枫转交。”

“呼——”叶细细拍拍胸口，出一口长气说，“人家博文就是懂感情，你看于枫，不知道什么时候才可以开窍哦。”

“呵呵。”我把贺卡和叶细细的礼物细心地放在书包里，说，“你是身在福中不知福。如果他还在，天天跟我吵我也会觉得幸福。”

我说得认真，免不了有些伤感。叶细细不露声色地挽住了我的胳膊。

可是不知道为什么，我竟有些恨博文，恨他这样自以为是地来扰乱我的心。我一天的课也没上得安宁。快放学的时候，天慢慢地阴了下来，雪花开始悠悠地飘落，大家都对着窗外叫起来，说是今年还没有见过这么大和下得这么美的雪。

校园里很快就成了一片雪白。

叶细细呵着双手对我说：“今晚有生日宴会？”

“又不是周末。”我说，“家教要来，晚饭后就得上课。”

“那多没情调。”叶细细说，“今晚有很多的晚会，我想约于枫一起出去玩玩放松放松，你觉得妥不妥？”

“你们俩的事干吗问我？”

“听听你意见嘛。”叶细细说，“下雪的圣诞节，不要太唯美哦，待在家里看书真是浪费！”

“祝你们玩得开心。”我说。

可是那晚，罗琳并没有来上课，她打来一个电话，声音欢欣地说今晚要放假，我问她：“是不是男朋友约你啦？”

“小丫头片子莫管。”

她真的很开心，在那边大笑，“我明晚来哦。”

“安啦，圣诞快乐。”

叔叔也打来电话祝贺我的生日，他让爸爸给我带回一个新款的彩信手机，很抱歉地说没空亲自来送礼物。我说：“礼太重了，老妈不开心。”

“哈哈！你开心就行。”他真的很忙，很快就挂了电话。

我兴致勃勃地用手机给爸爸拍照，拍完后又去厨房拍妈妈。

“给我收起来。”妈妈端着一条大鱼说，“考上大学才给你用。”

“让她新鲜新鲜吧。”爸爸说，“用手机的中学生到处都是，我们科室小李的儿子在幼儿园也用上手机了，你穷紧张什么！”

“不穷，会紧张吗？”妈妈又是话里有话，爸爸不再说话了。

妈妈却继续说下去：“你哪天像你兄弟这么豪爽，我就开心了。”

“得！今天是女儿生日，你闭闭嘴！”爸爸也喊起来。

给他们这么一吵，我哪里还吃得下，匆匆地吃了两口后我开始坐在书桌前看书。爸爸照例出门打牌，妈妈照例看无声的电视。我把博文的贺卡从书包里拿出来，不敢再看第二眼，夹在了日记本里。打开叶细细的礼物，竟是一套正版的黄舒骏，上次在凌夏家听后我曾跟她提起过，没想到她这么有心。

对了，凌夏。

我很久没有见过凌夏了。

我找出他留给我的手机号码，试着用叔叔送我的新手机给他发了一则短消息：“我是天意，祝你圣诞快乐。”

没想到他很快就回了："下雪了，你在哪里？"

"在家。对了，今天是我生日。"

"生日快乐，不到阳台上看看雪？"

我推开门，吃惊地发现凌夏居然在家。怕妈妈听见，我压低声音问他："你怎么没去唱歌？"

"圣诞节我不工作。"他说，"你妈妈在家？"

我点点头。

"那没办法给你唱生日歌了。"凌夏说，"你可以听收音机吗？"

"可以，我有随身听。"

"调频99.4，晚十点听海天的节目吧，他是我哥们儿，我送歌给你。"

说到这里妈妈推门进来了，我赶紧跟凌夏摆摆手回到我房间里。妈妈见我从阳台上走回来，吃惊地说："不嫌冷？"

"看看雪。"我连忙把门关起来。

"就要考试了。"妈妈说，"手机不要带到学校去，知道吗？"

我把桌上的手机递给她说："你收起来吧。"

她犹豫了一下："你自己收着吧，又大了一岁，别老让我操心了。今天是生日，不想看书就早点睡吧。"

我点点头，她出去了。

夜里十点，我准时打开收音机听海天的节目。凌夏真没吹，第一首歌就是送给我的，海天说："凌夏把这首歌送给隔壁爱听歌的小姑娘天意，祝她生日快乐，圣诞节快乐，并且想要对她说：

谢谢你一直愿意做我唯一的听众。”

那是一首英文歌《白色圣诞节》。我很喜欢，于是发短消息给凌夏谢谢他。凌夏过一会儿又回了：“要是不怕冷也不想睡，晚上十二点开窗听歌。”

我一直等到十二点。

凌夏如约而来，他开着窗在唱歌，雪花一定飘到了他的脸上，可是他的歌声依然是如此温暖和动听，让我深深地着迷：

当钟声传来圣诞祝福
像宣布一年已经结束
此时意外地收到你的礼物
像风吹乱我平静心湖

信中你说你身在远处
那里的冬天雪花飞舞
你问我是否还是一样幸福
是否也能享受孤独

Merry Christmas　我祝福你
你说过你永不再离开我
这圣诞我期待已久
说让我拥有今夜的幸福

Merry Christmas　我祝福你

夜空中有重重的烟火

这圣诞我期待已久

请别再走进我的生活

…………

我身不由已地跑到阳台上，他正好唱完站起身来，手里握着吉他，雪花飘到他的头发和眉毛上，也一定飘到了我的头发和眉毛上。

“喜欢吗？”他问我。

“凌夏，你可以成为一个歌星。”我由衷地说。

他笑着答我：“三年前，有个女孩也这么对我说。”

“她离开你了，所以你总是唱这些忧伤的歌？”我自作聪明地问。

“嗯。”凌夏说，“快去睡吧，别冻感冒了。把门窗都关好。”

我点头回到房间，给凌夏发去一个短消息：“很愿意，也很幸运，做你唯一的听众，祝你快乐。”

然后，关机，睡觉。

十七岁的第一夜，一样的圣诞节，天上飘着雪，我睡得又香又沉。

CHAPTER 7

灰姑娘的南瓜马车

那一天　那一座阳光灿烂的跨海大桥
你说只要一直跑
那一边就是我们的天涯海角
那一夜　那一片星光灿烂的白浪滔滔
你说我们很渺小
躲也躲不掉　命运的心血来潮

——刘若英《人之初》

寒假到了。

风吹在脸上不再那么凛冽，阳光带点苍白的黄，有不知名的小花怯怯开放。放眼窗外，春天正跃跃欲试。利用寒假的时间，我的长篇小说已经完成了一大半。差的只是一个结尾，我一直在犹豫，是应该给出一个悲剧，还是一个喜剧。

虽说我在悲喜之间举棋不定，但总的说来这是我爱上写作以来感觉最棒的东西，也许是因为有太多自我的成分在里面，我并不急于将它拿出来与人分享。也许应该有一两个人来读读它，但这个人不是叶细细不是于枫当然更不会是妈妈爸爸叔叔。想到这里我的脑子里冒出一个名字来，我有一种奇怪的固执的感觉，感觉他会是我最好的读者，就如同他一直当我是最好的听众一样。

那个人，就是我的邻居凌夏。

他回老家过年了，我好多天都没能看到他。

寂寞的阳台寂寞的深夜让我有些许的不习惯。我们偶尔会有短消息联系，不过也只是互致新春的问候，我并没有问他什么时候会回来，我知道这种问题一旦问出口情况就会或多或少有些变质，那是我所不愿意的。也许，也是凌夏所不愿意的。

我在我的电子日记里写下：我们只是两个寂寞的人，在正确的时间、地点相遇，所以互相安慰，仅此而已。

写下这段文字的时候，罗琳进门了，我迅速地关掉了电脑，默默地拿出一大沓数学试卷来。

“春节快乐！”她笑着说，“拿了不少压岁钱吧？”

我笑："还当我是小孩子？"

"你本来就是小孩子！"罗琳做出酸酸的样子说，"有一天你会知道，再也没有比十七八岁更受娇宠的年纪。"

我傻笑，不置可否。

但说实话，对于罗琳我是相当感激的。在她的帮助下，我的数学突飞猛进，期末考试的时候居然进入了全班前十名，这可是我从没取得过的好成绩，老丁目光炯炯地看着我说："继续努力，争取进北大中文系！"

"不敢想。"我说。

"你家隔壁的吴媚不就考上了吗？要给自己多一点信心！"老丁说，"你数学赶上来我真是松了一大口气，不然真不知道怎么跟你叔叔交代！"

不明白她要跟我叔叔交代什么，真是的！

妈妈待罗琳似上帝，还巴巴地买了减肥胶囊来讨好她，说是自己吃了蛮有效的让她也试试。换成我肯定自尊心吃不消，罗琳却笑眯眯地收起来说："谢谢，谢谢，我一定试一试，衣服全都穿不上了，正着急呢。"

罗琳走后爸爸就骂妈妈："减肥药能随便吃吗？你没看到报上说会吃死人，整天瞎搞瞎搞的不知道干什么！"

妈妈一反常态没和爸爸理论，而是委屈地说："我自己吃了是有效嘛，又没有什么副作用，很贵的，要不是看天意的数学好多了我才舍不得买给她呢。"

我盯着妈妈看，真看不出她所说的“效果”在哪里。再说了，我也不觉得她胖，真不明白她为什么会动起减肥的心思来。

罗琳再来的时候妈妈和爸爸正好要到姑妈家做客，临走的时候妈妈悄悄对我说：“等罗琳来了一定记得问她有没有效，要是有效，我再送她一盒！”

“一定。”我说。

“在家好好看书。”妈妈说，“我们争取晚饭前回来。”

“哎，不必了。玩得开心！晚饭我自己解决。”

“也行！”自从我成绩上去后，我老妈的心情就好得不像话，她大声地说，“春节这两天也给你老妈放放假，我今天手气要是不错，就多打两圈回来！”

“就你那水平！”我爸直摇头。

老妈歪过头来附在我耳边对我说：“别忘了！”说完，挽着爸爸的手开心地出门了。

一直记得老妈交代的事，所以罗琳一进门我就很三八地问她：“减了没？”

罗琳哈哈笑着坦然地说：“还真吃啊，你妈一片好心，我不收下不太好。”

“呵呵，我妈一定指望今天看到一个林黛玉，看来你要让她失望啦。”

“那就给她看个杨贵妃，她也不亏！”

我大笑，问她：“你一直都这么胖？”

“十六岁以后才胖的。”罗琳说，“得了一种怪病，要天天吃含激素的药，病好了后就再也瘦不下去了。”她掏出她的钱包给我看里面的一张照片，是一张合影，两个很清瘦的小丫头亲亲热热地站在一起，我看来看去，没有一个像罗琳的。

“这个是我。”罗琳指着左边的一个对我说。

我惊讶，简直认不出来！只好指着右边的一个问道：“那她呢？”

“是我的病友。我们同一天入院，得同样的病。我活下来了，结果她死了。”罗琳把钱包收起来说，“伤心的往事不提喽，来来来，我们做习题。”

我轻轻地说：“我有一个很好的朋友去年也死了，白血病。”

“生命无常哦。不过，活着也不容易。”罗琳把试卷翻开说，“我们对付完高考要对付大学，对付完大学要对付工作，对付完工作还要对付各种各样的人际关系，一日一日，永不停歇。”

我笑：“照你这么说，不如死了好？”

“那倒不是，人只有活着才能证明自己。”罗琳说，“比如你现在就可以证明，你的数学还可以学得更好。”

“你在教训我？”我说。

“你叔叔说得一点没错，你真是个敏感的小丫头。”罗琳说，“我可不想教训你什么，我只是觉得，你一直不够快乐，要知道在我十七岁的时候，我每天的快乐就是可以少吃一把药，就这么简单。”

罗琳的话让我羞愧。

或许是真的，自从博文去英国念书后，我就开始戴上了那张冷漠孤独的面具，直到今天，罗琳毫不留情地当着我的面撕去了它。

罗琳走后，我从电脑里调出了我的小说，这篇只差一个结尾的小说充斥着对人生的不满和对爱情的困惑，那些虚张声势的痛苦此刻让我觉得脸红，我手指一动按下了删除键，可仅仅一分钟后便开始觉得不舍，又赶紧从垃圾箱里抢救了回来。

患得患失，无限丢脸。

忽然想念凌夏，还有他的歌。

正想着，门铃响了，门外站着的竟是他。他探头探脑地问我："你家有电吗？"

"有啊。"我指指开着的电灯。

"那借你家的电笔给我用一下好吗？好久不住在这里，不知道为什么断电了。"

我跑到电视柜底下找出工具箱，可是找来找去竟不认得哪一支是电笔，只好把整个工具箱搬到他面前说："喏，要什么自己找吧。"

他很快找出了他想要的，拿到手里对我说："谢谢，很快就还回来。"

"不用谢。"我说。

他继续把头往里探探说："爸爸妈妈都不在家吗？"

"是啊。"我说，"走亲戚去了。"

"对呵，年还没过完。"

“嗯，要过完十五才算过完啊。”我简直不知道说什么才好。

进行完这些无聊的对话后，他走了，我关上了我家的门。其实，我应该有很多的话跟他说才对，可是见了他却一句也说不出来了。我正在懊悔的时候门铃又响了，打开门，竟然又是他，他把电笔递还给我，讪讪地搓着双手说：“你瞧我这记性，走的时候把总电闸拉掉了，竟然会忘记！”

“你刚到家？”我问他。

“是啊。对了，乐队马上要来我家彩排，要不要来听？我们排了两首新歌。”

“不了。”我艰难地摇摇头。主要是怕我妈又来个半路出击，到时候我可真的是跳进黄河也洗不清了。

“是啊。”他抓抓头说，“要考试了，你一定很紧张。再见，好好复习哦。”

我坐回书桌看书，书上的字成了飞来飞去的小虫，一个也捉不进眼底。隔壁开始传来音乐声，凌夏他们的彩排显然已经开始了，我跟自己挣扎了许久，最终还是站起身来，走出家门按响了隔壁的门铃。

凌夏开的门，看到是我，他很高兴也有些吃惊，问我：“怎么，是不是打扰到你看书了？”

“没。”我说，“你改了门窗后声音小多啦。”

“那……”

“听听歌不行吗？”我扬扬眉。

他笑了，朝我做出一个请进的手势。

这是我第一次近距离地和凌夏他们乐队接触，清一色的男生，不过都很和气，看得出他们对音乐都有一种近乎傻气的执着，和凌夏完全是同道中人。

彩排并不是那么好看的，他们排的是一首新歌，常常会磕磕绊绊地停下来，听不到完整的旋律。好几次反复后，凌夏皱着眉说："不行，感觉始终不对。"

我把桌上的歌词拿过来一看，这首歌的名字叫《春光乍泄》，忍不住脱口说道："王家卫？"

凌夏说："哇，看过？"

"这应该是林夕的词。"我并不正面答他。

"专业。"他点评我。

"我喜欢他的词，每一首都是那么浓，又浓得恰到好处。就像这一首，让你盼望的同时又不得不绝望。"

"说得对。"凌夏很受启发地对乐队说，"再来！"

熟悉的音乐在狭小的屋子里再次轰然响起：

你用眼睛欣赏　看得见的漂亮

怎么能想象　触摸到的浪漫

一转眼的温暖　两个人去分享

够不够填满一个夜晚

一刹那的意乱情迷　一辈子都难再寻觅

只怕无限春光来不及　一览无遗
爱情不是一场欢喜　激情却像一阵呼吸
难道等得越久越美丽才越有意义

灯光如何昏黄　天色怎么灰暗
也不能隐藏　赤裸裸的灿烂
每个天亮也有不一样的蔚蓝
怎么能期盼　来日方长

我悄悄地对凌夏竖起大拇指。

一首歌听罢，怕妈妈回来，也不好意思再坐下去，我站起身来说再见。弹键盘的那家伙打趣地说："再留一会儿吧，你在这里我们阿Ken特有感觉！"

大家哈哈地笑，我才知道凌夏的英文名竟然叫阿Ken。

"不许拿小姑娘开玩笑！"凌夏笑着送我到门口，低声问我："今晚来秀水街不？我好多天没演出了，今晚状态应该会不错。"

我摇摇头。

看得出来他很遗憾，一直送我到门口，看我进了门才转身回去。

逼自己做完罗琳布置的作业，我开始拿出一张白纸来涂鸦。心绪不宁的时候，我最喜欢做的就是这样一件事，可是我不明白自己为什么会心绪不宁，难道是因为看到久已不见的他？难道是因为从他的眼中看到一些和我一样的牵挂？不可能不可能！一定是我压力太大了所以才会胡思乱想，一定是今晚家里太安静了我才会这样地神经兮兮。

我趴在桌上，听到凌夏他们乐队一起出了门，我没有站起身来，努力地摒弃掉那正匆匆下楼的脚步声。

罗琳说："你真是个敏感的女孩。"

她说得一点没错。

我一边在纸上乱涂，一边恨死这样的自己。

结果，那晚过了七点半妈妈都没回家，叔叔打来电话说："你妈在牌桌上赢得不想走了，要不我给你送点吃的过去？"

"不用了。"我赶紧说，"我在家看了一天书，头都看疼了，我想去秀水街听歌，你十点钟来接我可好？"

"不好吧，又要我替你撒谎？"叔叔在那边轻笑。

"好不好？"我继续求他。

"去吧去吧，也去放松一下。"叔叔说，"我十点准时在外面等你。"

"谢谢叔叔！"我放下电话，打了个车就往秀水街而去。

二十分钟后，我已经站在了"秀水吧"的门口，那块别致的招牌在黑夜里闪着诱惑的光。我站了很久，始终不知道是不是应该走进去，如果进去了，看到他，又应该说些什么？我是顺路经过的？我是来听歌的？我也不知道自己为什么要来。

没有一个理由，足以说服自己，所以，我一直站在那里，挪不动我的脚步。

就是这时，忽然听到一个人喊我名字："天意！"

是他。

他正从酒吧里出来，手里拿着他的手机。想必是嫌酒吧里太吵，所以出来接听电话，正好看到我。

"天意，真的是你。"他朝我奔过来说，"你怎么会在这里？为什么不进去？"

"我……"我犹豫了半天后说，"我正在想一个来这里的理由。"

"哈哈。"他开心地笑，"心血来潮？"

"也许是吧。"我知道我脸上的笑很尴尬。

他忽然伸出手拉我说："走吧，我们进去，中场休息快结束了。"

"不去了。"我从口袋里掏出一张已经被我揉得皱巴巴的纸递给他说，"给你看看我写的歌词。"

那是我整个黄昏趴在桌上涂鸦的结果，一首让我自己喜欢也害怕的小诗，诗的名字叫作《南瓜马车》：

南瓜马车　快带我离开
在爱上他以前　我们回家

只能是诗歌的灰姑娘
这些鬓香的卷发　起舞的裙边
都是十二点的终场
十二记钟响之后　月如水样

这最后的一曲华尔兹
将会有王子攥着别人的小手
轻轻地像风中的叶子在旋转
轻轻地把灰姑娘念想

明天　那双粉色的水晶小鞋
将被另一双纤脚喜爱并穿上
那美丽绝伦的花瓣王冠
他会疼惜地　亲手加冕在另一个人的秀发上
这个灰姑娘　她轻轻的叹息声
吹熄了上帝脚前的蜡和光
扑簌簌的　一些灰尘
从天而降　从天堂而降

南瓜马车　快带我离开
在回家以前　我怕我已经爱上了他

我不知道凌夏看完它后会是什么样的表情，因为我把它慌乱地塞到他手里后就匆忙地离开了。我如落难逃兵一样赶回家里，以最快的速度把自己扔到了床上。戴上随身听，耳边传来的偏偏又是刘若英的那一句：你说我们很渺小，躲也躲不掉，命运的心血来潮……

我扔掉随身听，用被子把头紧紧地蒙起来，所以电话响了好多声我才听到。一接，是叔叔，他焦急地说："你在家啊，难怪我在秀水街没遇到你。"

对呵，竟忘了和叔叔约在十点了。

"对不起。"我赶紧说，"头有点疼，所以……所以晚上没去那里。"

叔叔不高兴地责备我说："你这孩子，没去也不跟我打声招呼，害得我空着急，逮着人家瞎问！"

"你都问谁了？"我的心拎起来。

"凌夏啊。"叔叔说，"他说没看见你，还多亏他提醒我打个电话回家问问。怎么样，头还疼吗？"

"好多了。"

"那早点睡。"叔叔吩咐完，挂了电话。

我跳下床来打开手机，没有短消息。我一直到凌晨才睡着，听到妈妈爸爸轻手轻脚地回来，妈妈还拉开门来看了我一眼。

只是，阳台上的吉他声一直没再响起。

我怀着深深的恐惧和悔意入睡。我已经错过一次了，难道还要在一不小心中再错一次吗？

南瓜马车，可不可以带我回头？

CHAPTER 8

若即若离

当故事结束　不再谈你
爱你的挫折　留给时间处理
…………
你在追寻中沧桑　我在无言中转身
我们终究还是回到各自世界里

我是如此爱你　却只能沉默站在原地
像一个迷失孩子般　遗落在人群

——林慧萍《我是如此爱你》

黄昏的楼道。

我拎着一袋重重的垃圾下楼。没想到会碰到迎面上来的凌夏。

一切就像他曾对我叔叔说过的那一句歌词：世界很小，而我们总是狭路相逢。

“嗨！”他先喊我。

“嗨。”我应道。

他让开身子，我拎着垃圾经过他身边。擦肩而过的那一瞬间他却一把拉住我的手臂说：“看样子太重了，要不我来替你拎下去吧？”

“没事没事！”我赶紧说，“我不是那么娇气的。”

“我知道。”凌夏说，“替你拎垃圾是我的荣幸嘛。”

“说什么呢！”他的油嘴滑舌让我生出一丝莫名的恐惧，转过身来飞快地跑下楼去，奇怪，本来真的很重的垃圾仿佛一下子失去了重量，变得轻飘飘的。

再上楼的时候，凌夏已经不在了。我喘喘气进屋，妈妈一见我就说：“让你倒一下垃圾，你怎么像跑了三千米长跑一样？这么大了，做事还是这么慌里慌张！”

我慌张？怎么会。

只是，为一场意料之外的相遇感到有些惊讶罢了。

难道今晚他又不去唱歌吗？他看了我的诗，到底会怎么想呢？

我在阳台上站了很久，他一直都没有出现，或许他又已经出门到秀水街去了。天边有淡红色的云，一点一点地慢慢翻卷。我站得双脚发麻，正准备进屋的时候他却忽然出现了，身上的西装早已脱掉，换成了一套很家居的衣服，高大帅气中透出一丝慵懒，害得我盯着他看了半天，不知道该说什么好。

还是他先笑笑，问我："明天该开学了吧？"

"嗯。"我说。

"昨晚我给你发了短消息。"他说。

我心一动："是吗？我没开机。"

"你的诗写得很好。"他说。

"胡写的，让你笑话了。"

"胡写也写这么好，我更是要五体投地了！"他真的很会说话，这倒是我以前没有发现的。

"还可以给我看看你写的东西吗？"他说。

"好啊。你把信箱给我。我发一个我才写的长篇小说给你。还没有结尾，等你给我一点建议。"

"真厉害。都会写长篇啦！你等等。"他回到家里取了纸笔，写下信箱地址递给我。那张纸很小，我们伸长的手在空气中有不经意的接触。我连忙把手收回，纸已经握在手里。埋头一看，信箱的用户名是Ken1978，他是1978年出生的吗？那么应该比我大多少呢，我还在这边心算着，那边的他已经猜中我的心思，笑道："是不是比你大十岁啊？"

"哪有那么多！可别在我面前卖老。"我把字条小心地收起来握在掌心里。

“在大作家面前岂敢！”他又油嘴滑舌起来。

“别嘲弄我。我要进去了，一会儿就发给你。”说完，我挥手跟他再见，然后调转头进了房间。

进屋的第一件事是开手机，新鲜感过后手机好长时间都不开机了。妈妈说等我上了大学再用也不迟。打开来，果然有凌夏的一条短消息，上面写着：“希望你的南瓜马车是破的，这样，你也许就跑不快了。呵呵。”

这则消息让我的心狂跳了不止五分钟。

以前和博文在一起时，可从来没有过这样的感受！

我打开电脑给他发了我的小说。他的信在两分钟后就回过来了：我会认真看的。祝你新学期愉快！

关掉信箱，罗琳正好推门进来，一见我就说：“怎么了天意，脸红扑扑的？”

“是热吧？”我摸摸脸说。

“热血沸腾吧。”罗琳纠正我说，“真让人羡慕哦。”

“说得自己有多老似的！”我骂她。

“我是七十年代出生的，你是八十年代出生的，我们完全是两代人嘛。”罗琳说，“世界迟早得落到你们手里，而我们都得靠边站！”

我被她说得笑得要命。她手往空中一指说：“不许笑！”

“太不人道了吧。”我说，“连笑也不许。”

“高考结束前什么也不许。”罗琳面无表情，把试卷拍得啪啪响说，“除了看书，还是看书！”

“喂，替我妈当说客？”

“嘿嘿。”她笑，“拿人钱财，替人消灾。等你考上，我才会受之坦然嘛！”

一个很可爱也很实在的女孩，不是吗？我用手掌把试卷掩起来，近乎有些恶作剧地问她：“你谈过恋爱吗？”

“你可别告诉我你在谈恋爱！”她急速反应，吓得我连忙捂住她的嘴，吩咐她小声点。

“不会吧，在这个节骨眼上！”她好担心地看着我。

“没你想的那么严重。”我说，“我只是对某个人产生了好感。虽然我们还不算熟悉，可是我一点儿也不觉得他陌生。”

“网恋？”罗琳瞪大了眼，越猜越离谱。

“哈哈。”我说，“你也适合写小说。”

“那些小男生，不说也罢！”罗琳挥挥手，“只当一场游戏一场梦，早点醒来，回头是岸哦。”

“你的语气比我妈还老。”我说。

“胡说，我永远十八岁！”这回轮到她哈哈笑。我真的不为她担心，她虽然胖了些，但一定会有喜欢她的男生。这个世界就是这样，情人眼里出西施，爱情的长剧永远都不愁没有主角。

就如同我从没想到过，我会在生命的拐弯处，与一个叫凌夏的人相逢。

那夜我早早入睡。

第二天清晨睁开眼，才发现昨夜竟又下了一场雪。

雪不大，是细细的春雪。世界是洁白的，不过这阵白又注定是短暂的，因为清晨已是阳光万丈。我踩着那层薄薄温暖的雪走出小区，没有看到凌夏，心里有些空空的。

开学第一天课程就安排得紧张而紧凑，每个老师都拖堂，老丁光是做思想动员就差不多做了半个小时，让人心烦。

中午的时候胡乱对付完午饭，叶细细把我桌上的书扔到一边，非逼着我玩一种很无聊的数名字笔画的游戏，就是把两个人名字的笔画相减，用得出的数字来查看你们的缘分。叶细细把那张密密麻麻的纸往我面前一推，激动不已地说："我和他的是属于'有缘永远分不开'的那种，和你是'好朋友心贴心'，真的是太灵验啦，你快试试！"

"等我找到男朋友再试吧。"我笑着推开她说，"看书，看书！"

"成绩那么好了还看？"叶细细扁嘴说，"下次罗琳替你上课我也要去听听，倒要看看她是何方神圣，居然把你的数学也补了上来！"

"好啊。"我说。

"算啦，开玩笑的。"叶细细说，"我可付不起家教费。"

"你是用不着吧，有了于枫还要请什么家教？"我知道她就想听我说这个。

叶细细埋怨说："哎，他才没耐心教我，一道题多问上一句眉毛就会立起来！"

“这叫一物降一物。”我火上浇油。

叶细细跳起来打我的头。

正在这时于枫从教室外面走进来，走到我面前低声说：“天意，学校外面有人找你。”

“谁？”我说。

“不知道。”于枫摇摇头，“是隔壁班的同学让我带话的。”

“哦，那我出去一下。”我对叶细细说，“说不定是我叔叔，又被我妈差遣着送什么东西来着。”

“天意真好运，大老板也为你风里来雨里去的。”叶细细口气越来越酸。

我扯过她桌上的那张纸出了教室。走过操场的时候，我迅速地算了一下我和凌夏的笔画，顺着那张纸找到的答案是：你们在一起的时候都非常快乐，可是如果要做恋人，则有漫长的路要走。

恋人？呵呵。

在高三的时候，这简直是一个恶毒而可耻的词。快乐就行，不是吗？

我这么想着，就看到了他。

他正站在学校的铁门外，手插在裤兜里，用温柔的眼光看着我慢慢地走近。

我停了一下，然后忽然不知道应该怎么走路。好不容易歪歪斜斜地到了他面前，吐出一句废话：“你怎么会来？”

“我……”他笑笑说，“我正在想一个来这里的理由。”

和那日一模一样的对白，我忍不住笑了起来。

他忽然伸出手快速地揉了揉我的头发说："春天还很冷，你应该多穿点。"

"说点不那么老土的！"我大胆地抬起头来看他。他很开心地笑了，说："我可不会写诗也不会写小说，哪来那么多好听的句子？"

我的脸唰地一下就红了。

"小说看完了。"他说，"想来问你，男女主角是否会在一起？"

"不知道。"我说，"若即若离吧。"

"那多伤心。"他说。

"我要一高兴，他们也可以在一起。"我调皮地说，"还不都是我的笔说了算吗。什么样的可能性都有，你说对不对？"

"那你怎么样才会高兴？"他问我。

"你忽然出现，我很高兴。"我说实话。

"昨晚我一直在看你写的小说，"他说，"说真的，我不相信是你写的，文笔简直比七十岁的人还老练，可你毕竟只有十七岁。"

"你小看我。"我说。

"不敢。"他纠正我，"只是惊讶。"

"让你惊讶是我的荣幸。"这回轮到我套用他的句子。他笑，惊讶地扬起半边眉，在他还没说话的时候，我抢先说道："我知道你想说什么。"

"什么？"他问。

“你想说，以前我生命中有个女子，也像你一样地伶牙俐齿……”

他纵声大笑，弄得周围经过的人纷纷侧目，笑完了他说：“呵呵，我得上班去了。中午只有一小时的休息时间。”

“再见。”我说。

“再见。”他说，然后拦了一辆出租就走了，只有一小时的休息时间，他却跑到学校来看我。看着他走远，我的心底就慢慢地涌起一阵招架不住的感动的心酸。

叶细细在背后猛拍我肩膀一下说：“喂，那不是凌夏吗？”

“你吓死我了。”我回头说，“别那么神出鬼没的好不好？”

“他吓死我了。”叶细细指着前方说，“我远远地看过去，还以为是……”说到这里，她捂住了嘴。

我知道她想说什么。

“对不起。”叶细细说，“感觉上真是太像了。”

“住嘴。”我呵斥她。

“我住嘴。”叶细细说，“你放心，我只当什么都没看见。”

不怪叶细细会乱想，其实我自己也在乱想。整整一下午的课，我上得魂不守舍，就连老丁也看出我的异样，下课的时候刻意跑过来问我：“你今天是不是不舒服？”

“不是。”我赶紧掩饰说，“可能昨晚睡晚了。”

“身体也很重要。”老丁说，“吃不消就早点睡。”

“谢谢丁老师。”我把头埋下去，巴望她早点离开我的课桌，我可不想大家都看到她对我这种特殊的态度。那些流言，我虽说从不在意，却早已听够了。

又是很多天不见凌夏。我偷偷地开了手机，他并没有短消息发过来，我也没有发过去。有一晚仿佛听到那边阳台上有动静，我急急忙忙地跑出去，原来不过是风，吹翻了妈妈晾在阳台上的一块大毛巾。

学习开始越来越紧张，紧张到我无暇再想些什么。好不容易周末才有空上会儿网，发现信箱里竟有他的一张贺卡，没有什么多的字，只是祝我学习快乐。我忍不住拿出手机给他发了个短消息：在唱什么歌呢？

一小时后我接到他回来的信息：一首新歌，等你考完，唱给你听！

几天后凌夏所说的新歌的歌词出现在我的信箱里，那首歌竟然叫《若即若离》，凌夏在信中说：天意，很喜欢你的小说，所以给它配首主题歌，也希望你会喜欢。

爱来的时候正好是春季
你浅笑嫣然
梦不再孤寂

爱来的时候谁也不知道原因
我飞蛾扑火

从不能抗拒

这世界它变幻不停
今天相守明天却已分离
这感情它若即若离
看似遥远却又萍水相依

只有我心只有我心
明白我一生都不会放弃
这美好的情缘
这相遇的奇迹

我在电脑前噼里啪啦地掉眼泪。凌夏歌词里的每一个字，我想我都懂得很透彻。哭完后忍不住打了他的手机，他过了很久才接，我说：“我是天意。”

“我知道。”他说。

“我想听你唱那首歌。”

“不行。”他当机立断地说。

“那要到什么时候？”

“等你考完。”他说。

“可不可以别这么老土？”我求他。

“不可以。”他的语气里并没有可以商量的成分。我沉默，过了很久他才在那边说："听话，好不好？别让我太内疚。"

"好。"我挂了电话。

四月，春意已经盎然。老丁把我叫进办公室，递给我一张表说："师大中文系招保送生，我推荐了你，你把这张表填一下。"

我一惊，早听说今年保送生的名额少之又少。而且，我的成绩并不算是最好的。

老丁仿佛看出我的心思，说："以你现在的成绩和在文学创作中取得的成果，我觉得你是相当够格的，当然，如果你还想考更好的学校，你可以放弃这次机会。回家跟你爸爸妈妈还有叔叔好好商量商量。"

"有什么好商量的！"我妈一听就跳了起来，"这样的好事情谁不愿意，早点结束高考的煎熬，我再也不用夜夜睡不着觉了！"

"你冷静点。"爸爸说，"别让二弟为难。丁老师替天意争取这个名额，还不是希望二弟可以给他相应的回报吗。"

"你就是什么事都前怕狼后怕虎，"妈妈喊起来说，"你为此吃的亏还不够吗！"

"你什么都不怕，可是你有没有为别人想想！"我从没见爸爸发过那么大的火，他把桌子一拍说，"你把你收的两万块钱还给人家！别以为我不知道！"

"那是给天意请补习老师的钱！"妈妈涨红了脸说，"不是我向谁要的。"

“天意是我女儿，这钱我给得起！”

“你给得起？”妈妈讥笑着说，“一小时五十元，你的工资够补几次的？”

“你们别吵了！”眼看着战火蔓延，我连忙拉开爸爸，“走啦，大家都冷静一下！”我真不明白，本来是一件好事，不知道为什么会让他们吵成这个样子。

好在正在这时，罗琳来了。

老爸出去了，老妈收住怒火给罗琳泡茶喝。罗琳一看到我放在桌上的保送的表格，惊讶地说：“可以保送啦是不是，恭喜你啊，真行。”

“八字还没有一撇呢。”我说，“我觉得很心虚。”

罗琳冰雪聪明，立刻猜到是我叔叔的原因，不过她依然劝我说：“学中文不是你一直的梦想吗，其实师大也不错，很好的机会，我看你不要放弃了。”

“也许同学们都会觉得我靠的不是真本事。”

“年轻的时候，心里眼里都容不下一粒沙子，其实没必要为难自己。”罗琳说，“就像我来替你补课，很多人都认为我是拍总经理马屁，可是我想，只要你成绩真的上去了，总经理因此给我更多的机会，我会觉得理所当然。”

“谢谢你。”我说。

“还谢什么？”罗琳说，“你可以成为一名作家，我等着看你出的书。”

看得出来她是真的没有看不起我的意思，我心稍安。

第二天清早，我刻意在小区外等凌夏，他果然按时按点地出来，看见我，急跑几步，到了我面前。

“好多天不见。”他说。

“谁让你不联络我?”

“怕打扰你学习呢。”凌夏说，“我们乐队上电视了，有公司正准备签我们，我一直都想告诉你呢！”

“真的！”我高兴地说，“那我也还你一个好消息。”

“说说看！”

“我保送上师大了，不用考试啦。”

凌夏的脸上却没有出现我预先想的那种喜悦，而是用一种担心的口吻问我：“你确定吗？你要是自己考，也许可以考上好得多的学校呢！”

我觉得很扫兴，不高兴地说：“我自己有几把刷子我清楚！”

“不高兴了？”他察言观色，低下头对我说，“瞧你，嘴噘得那么高！”

“讨厌！”我说。

“两年没女生骂我讨厌啦。”他说，“骂得我真舒服。”

“神经。”

“好啦。”他说，“再不上学要迟到啦。走吧，我送你一程。”

“我们不同路的。”

“大不了我迟到喽。”他笑笑，一直将我送到公交车的站牌下才离去，走的时候又对我说，“保送的事你好好考虑一下，我总觉得，以你的才气，可以上更好的学校呢。”

知道他的话出自真心，我对着他点了点头。他这才转身离去。

不知道会不会让凌夏失望，我经过了很慎重的思考，终于还是决定接受保送。大局已定的那一天我不用再到学校上学了，叶细细却是天天熬夜，整个人像只红眼兔子。她就那样红着眼睛对我说：“天意，真是羡慕死你，你运气真好。”

“就算给你保送你也不会愿意的。”我说，“那不是去不成上海了？”

“嘿嘿。”她笑，“事到如今，哪还有那么多浪漫的想法？能考上一个差强人意的大学就算是不错了。”

“祝你成功。”我由衷地说。

那天晚上妈妈爸爸都彻底放松出门打牌了。我打通了凌夏的电话，对他说：“今晚我来听你唱歌。”

“对不起。”凌夏说，“我在彩排，我们乐队马上要参加全省的原创音乐晚会。”

“在哪里，我可以来看吗？”

“不可以。”凌夏说，“彩排是封闭的。”

“那……”我失望极了，“我还没听你唱过那首叫《若即若离》的歌呢。”

“来日方长。”他笑着说，“下次吧，好吗？”

说完，他挂了电话。

本来，我幻想着可以有一个浪漫的听歌之夜，可这些幻想却被无情的现实击得粉碎。我刚刚放松的神经变得凌乱脆弱，于是趴在书桌上痛痛快快地哭了起来。

CHAPTER 9

未曾猜到的结局

因为我们　不会飞翔
所以幸福　航程漫长
难免有风暴埋伏在前方
…………
等我们越过爱情的海洋
会庆幸终究没放弃退让
在繁华的岸上把沿途的泪光
都埋成了宝藏

——S.H.E《爱情的海洋》

闲得发闷的日子，我的小说终于写完了。

凌夏答应我，他一定会好好地读。

我们约在秀水吧见。

那是午后，整条街都在午睡。酒吧要到三点才会营业。我告诉服务生我约了凌夏，他很热情地招呼我进去坐，还替我倒了一杯茶。

我等了凌夏好一会儿，才看到他匆匆从门外走进来，戴了低檐的帽子，不知不觉中流露出歌星的派头，在我对面坐下，他不好意思地说："对不起，迟到五分钟。"

"没关系，你们的歌排得怎么样了？"我问。

"演出就在明晚。对了，还有件事要告诉你，我辞职了。"他说，"和唱片公司已经正式签约，就在昨天。"

我没想到会这么快，真替他高兴："这么说你真的快要做歌星了？"

"呵呵。"凌夏说，"我不想放过这个机会。"

我从包里拿出软盘来递给他说："我的小说全在这里了，希望你会喜欢这个结局。"

"什么样的，"凌夏说，"可否先透露一点？"

"自己看吧。"我笑笑地喝下一大口茶。

"看你胸有成竹的样子，"凌夏说，"一定错不了。"

"收下你的奉承。只是，那首叫《若即若离》的歌什么时候唱给我听？"

“只要不忙，什么时候都行。”他说。

我想了想说：“现在。”

“现在？”凌夏朝台上看了看说，“可不是演出的时间啊？”

“为我破例一次也不行？”

“行。”他爽快地说。然后就去跟老板借吉他。很合我心意，借出来的是一把木吉他。凌夏抱着它坐到台上，我环顾四周，除了老板和一两个服务生，酒吧里一个客人也没有。凌夏朝我微微颔首，手指一动，琴声已悠然响起：

这世界它变幻不停
今天相守明天却已分离
这感情它若即若离
看似遥远却又萍水相依
只有我心只有我心
明白我一生都不会放弃……

凌夏是个天才，一首歌写得无懈可击，唱得我的心百转千回。等他唱完，我竟忘了鼓掌。直到他走下台来，俯身问我：“可喜欢？”

我掩嘴笑，模样一定傻得可以。

他不放过我，继续问：“可喜欢？”

而我的泪就在那一瞬间掉了下来。

“傻瓜。”他握住我放在桌面上的手，“大喜大悲的要吓死我。”

我被他握得不能动弹，好半天才想起来将手抽出。然后听到他叹息：“天意，我该拿你怎么办？”

“我不是孩子了。”我抬起头来勇敢地看着他。

“对我而言，你永远是。”他说。

“七岁根本就不是问题。”我索性更加大胆。

“对我而言，它会一直是。”

“你在伤害我。”我委屈地说。

“对我而言，最怕的是会一直伤害下去。”他真是铁石心肠，给了我向前的希望，却又一直带着我绕迷宫，让我无法找到出口。

于是我只好心肠更硬地对他说：“我不怕。”

“天意，你让我想想？”他的口气里有让步的意思。

于是我乘胜追击：“好，三天时间。你可以选择做我的男朋友，也可以选择永远地离开我。”

“你的小说也是这样断然的结局吗？”他笑起来，“其实还有第三种方式，你有没有想过？”

“没有。”我断然地说，“也不会去想。”

“说你是孩子你就是孩子。”他无奈。

那天他送我回家，我们在快要靠近小区的地方分手，他要急着赶回去彩排，一场盛大的演出正在等着他。告别的时候我问他：“你是不是有过一次失败的恋爱？”

他看着我半天，然后回答我：“是。”

“我会一直温柔地对你。”我说，“不管你给我什么样的结局。”

他伸出手来，还是那个习惯性的动作，飞速地揉了一下我的头发。然后，然后在我毫无预料的情况下，他拥抱了我。一个轻得不能再轻的拥抱。我闻到他衣服上淡淡的气息，于是这个夜晚和那个下了夜自习后的夜晚奇妙地重合，我已经不能呼吸。

直到他放开我，转身大步地离去。

他没有回头看。

所以他不知道，我跟踪了他。

我跟着他转了两趟公交车，到了他彩排的地方。那是市里有名的演出中心，门口有很多的人来来往往，我没有工作证，守门的硬是不让我进。我灵机一动说：“我找我爸有急事，马上就出来。”

“你爸是谁？”他板起脸来问我。

“马导。”我胡诌一个名字。谁知道他一听手一挥说：“那进去吧，快去快回。”

我心花怒放，悄悄地溜了进去。虽说是彩排，看台上也有不少的人，我悄悄地找了个角落坐下，尽量不让凌夏看到我。前面的节目老是不过关，我等了好半天才等到他唱，他唱的那首歌有我不喜欢的名字，竟叫《告别》：

我醉了　我的爱人

在这灯火辉煌的夜里

多想啊　就这样沉沉地睡去
泪流到梦里　醒了不再想起
在曾经同向的航行后
你的归你　我的归我

请听我说请靠着我
请不要畏惧此刻的沉默
再看一眼　一眼就要老了
再笑一笑　一笑就要走了
在曾经同向的航行后
各自曲折　各自寂寞
原来的归原来　往后的归往后

在他的歌声里，夜变得奇异地灯火辉煌。我没告诉他我听了他的歌，我在独自回家的路上脚步欢快，嘴角盈满了笑意。我毫不怀疑凌夏三天后会给我的答案，我甚至充满阴谋地想：他深情的心如何敌得过我年轻而美丽的执着呢，呵呵。只是当时的我根本弄不明白，十七岁的我又如何敌得过命运的捉弄?

更不曾想到的是，从那夜以后，就如他的歌中所唱，我们就真的各自曲折，各自寂寞了。

原来的归了原来，往后的归了往后。

第二天清晨。

我还在梦中的时候，罗琳的电话把我惊醒。她在电话那头欢欣地说："小懒猫，还没起床？今晚请你看演出！"

"什么演出？"我心一动。

"中国原创音乐晚会。"罗琳说，"我们公司赞助的。你叔叔特别要我给你留一张贵宾票，他说你喜欢听其中的一支乐队唱歌。"

"你们公司赞助的？"我不信。

"看看报纸吧，'天通之夜'原创音乐晚会！"罗琳说，"小笨瓜！"

"怎么我叔叔没跟我提起过？"我纳闷。

罗琳大笑："太搞笑了吧，你是老总还是他是老总！"

"赞助一场要花不少钱吧？"我问。

"可不！"罗琳说，"白花花的银子都是从我手里亲自流出去的。唉，其实中国的原创音乐没戏，我看好了，夏总是把钱往水里扔哦。"

"他也许是无奈吧。"我说，"到处都在跟他要钱！"

"可不是，那几天啊，那些人就坐在他办公室不走。对了，夏总叫我进去的时候我还听他们提起你呢，说是其中一个还是你的邻居。"

"凌夏？"我说。

"对。应该是这个名字。"罗琳说，"好啦，我没空跟你说啦，晚上七点工体见，不见不散哦。"

"嗯。"我说。

但是我失约了。我没有去。我用了一个白天的时间来思考，总算得出了一个清晰的不用怀疑的结论，凌夏利用了我。他利用了我，所以才会得到叔叔的赞助。得到叔叔的赞助，也许才可以和唱片公司签约。如果他从不曾心怀鬼胎，又怎么可能会瞒着我这一切？

他用他对我的“若即若离”利用了我。

一场骗局。

可怜我伤痕累累却无处倾诉。

晚上的时候叔叔打来电话，问我为何没去。我推托着说不舒服不去了。挂了电话妈妈问我是谁，我说是叔叔。爸爸在一边插嘴说：“你知道吗？你们丁老师竟提出要让你叔叔把他儿子从保安部调到财务部。呵，真是人心不古啊。”

我一惊：“叔叔答应了？”

“哎，你说他能不考虑吗？”爸爸说完，意味深长地看着我。

“我明天就回学校去上课。”我说，“我会考上比师大更好的学校。”

妈妈以为我疯了，和我冷战了两天后，无奈地接受了我取消保送的决定。连续好几天晚上，我都听到阳台上传来的吉他声，可是我没有出去。我用棉花把耳朵堵起来，念书念到半夜两点也丝毫不觉得累。

叶细细也说，我疯了。

只有我自己知道原因。我发誓再也不被任何人利用。

再也不！

高考结束后我收到了凌夏从网上发给我的一封信，那封信不算长，是这么写的：

天意，你好：

当你收到这封信的时候，我已经从你隔壁搬走了。

我一直在猜，你躲着我的原因。一直猜不到，所以，就不猜了。呵呵。

但是，我会尊重你所有的决定，会记得有个可爱的女孩子，曾经那样用心地听过我的歌，给过我很多的鼓励。

或许一切都是天意。

但无论我们在哪里，愿音乐、爱、思念和希望同在。

祝福你。

你的朋友：凌夏

我狠下心删掉了它，不允许自己掉一滴泪。

一个月后，我收到了上海一所著名学府中文系的入学通知书。于枫和我考入了同一所大学，学计算机，叶细细却阴差阳错地考到了广州。她走的时候我和于枫都去送她，火车快要启动的时候叶细细从窗口探出头来对我说，其实也是对于枫说：“缘分真是很无奈的东西，你们说是不是？”

“一路顺风。”我依依不舍地握她的手，并没有直接回答她的问题。

大学的生活远没有我想象中的美好。新鲜感过后就是对付枯燥的功课，日复一日，乏善可陈。我并没有朋友，偶尔于枫来陪我吃顿饭。有空的时候和叶细细还有罗琳在QQ上聊天，听她们担心地对我说："天意你真是一日老过一日，往日的活力呢？"

对啊，往日的活力呢？

我自我解嘲地说，我已经快要十八岁了，老了。

生日的前一天，也是圣诞节的前一天，叔叔刚好来上海出差，给我带了一大包好吃的东西。我跟他来到他住的五星级宾馆，站在十几层的窗口往下看，夜上海灯火辉煌。叔叔说："天意，叔叔一直想问你，你到底有什么心事？"

"没。"我说。

他并不逼我，喝起茶来。

"叔叔。"我说，"你觉得自己成功吗？"

他笑："还行。"

"为了成功是不是可以不惜一切代价？"

"成功的定义是什么？"叔叔说，"这可是个高深的问题啊。比如说你父亲，你是不是觉得他挺失败的？"

我不言语。

"可是在我心中，他却是我一直最尊重的大哥。"叔叔说，"小时候他天天带我上学，从不让别人欺负我。当年我下海做生意，也只有他一个人支持我。如果不是时运不济，他其实可以做得比我更出色。天意，等你更成熟一些，你就会学会不单纯用名利来衡量一个人的成功。”

叔叔说得极为真诚，我被打动，久久不能言语。

“说点你喜欢的话题吧。”叔叔打破沉默说，“你还记得那个叫凌夏的男孩吗？他的第一张专辑已经发行了，据说卖得不错。他送了我一张，可我走得匆忙，光顾着给你带吃的，把唱片给忘了。”

“哦。”我轻描淡写地说，“他是要好好感谢你。”

“此话怎讲？”叔叔不明白。

“要不是你，他会有今天吗？”我说，“我指你赞助的那场演唱会。”

“哈哈哈。”叔叔大笑，“告诉你一个秘密，那场演唱会我可是大赢家。也多亏凌夏替我出主意，他可是这方面的专家。我不过是付出合理的广告费，而公司的知名度却因此而扩大了好多倍。你不懂的啦，天意。不过说来我还要谢谢你，要不是你我怎么会认得凌夏，对不对？”

我差不多忘了，凌夏告诉过我，他的专业是国际贸易与金融。

“那小伙子是个人才啊。”叔叔说，“可惜他一门心思在唱歌上面，我多少次试图挖角都没挖成功！”

“可是……”我还是觉得奇怪，“你们怎么会熟起来？”

“你忘性比我还要大！”叔叔责备我说，“有一次你让我去秀水街接你，可是你没去，害我白跑一趟，那天我和凌夏聊了好久。”

原来是这样。

原来，我所想象的那些尖锐而世俗的事实完全就是一个假象。而我为了一个我臆想出来的假象，竟可耻地沉沦到今天。

“我送你回学校吧。”叔叔并没有察觉出我的异样，而是高兴地说，“明天过生日，我来学校接你，请你吃饭。十八岁，成人啦，可喜可贺啊。”

对啊，明天，我就十八岁了。

我轻轻地抱了抱叔叔，跟他说再见。

上海的圣诞节没有雪。

我穿着厚厚的棉袄，走进学校附近的一家音像店。我一进去就看到了那张海报，站在最前面的那个人就是他，雪白的毛衣，明朗得让人心醉的笑容。我对老板说我买一张秀水街乐队的专辑。老板是个很可爱的年轻人，他把专辑从架子上取下来递给我说：“支持中国原创音乐啊，给你打个八折！”

“不用了。”我接下，低头把钱悉数给他。

“你这姑娘真有意思。还有不让打折的？”他奇怪极了。

我扬扬手中的专辑问他：“听过吗，他们的歌？”

“还行。”他耸耸肩，问我，“看来你很喜欢？”

我笑笑走了出去。是的，我很喜欢。对凌夏的音乐，我一直都是那么有信心。

更何况这张专辑的名称，叫作《天意》。

谁说我等不到天长

天长如果不是你的天长，
又怎么可能天长地久？

夏然对长笛情有独钟。

很多年前和天长同桌的时候，有一次班里举办晚会，天长吹的就是长笛，很悠长很悠长的音乐，不知道叫什么名字。当时，夏然是很惊讶的，天长平日里不言不语，没想到却可以将一支曲子演绎得如此的纯粹和深情。

那是年少时的记忆，一个细细高高略带羞涩的男生，站在教室中间很镇定地吹奏完毕，掌声如雷。他低头谢幕，有些夸张的酷。那应该是夏然第一次感受心动的感觉。上课的时候，他的手偶尔会不自觉地放到夏然桌子的上方，细长的手指在桌面上轻轻敲击。那种距离让夏然有种不能呼吸的错觉。这时，窗外多半有风，梧桐树叶轻轻地晃动。

夏然是个天生胆怯的女生，却又同时拥有要命的执着。每天她总是第一个来到教室，替天长把课桌擦干净，这渐渐成为她青涩的成长期里一件隐秘而甜美的功课。不知道天长有没有想过他的课桌为什么总是那么纤尘不染，不过可以肯定的是他是那种爱干净的男生，喜欢穿棉布的衬衫，领口袖口一尘不染，上课回答问题的时候，站得笔直。

天长是单亲家庭里长大的孩子，听说他爸爸以前是在歌舞团里吹长笛的，不过他很小的时候爸爸就去世了。夏然见过一次天长的母亲，那次她是到天长家里借一本参考书，天长的家小而局促，天长也有些局促地在墙角站着不说话，直到天长妈妈端出一杯白开水来，夏然一口气将它喝了个精光，他的神色才略有缓和。

第二天夏然悄悄地对天长说："你妈妈真美。"

"是吗？"天长听了好像很开心的样子。

夏然真是这么想的，天长妈妈真的是很美，看上去好像只有三十岁的样子，说起话来温温柔柔的。

毕业后的那年暑假，他们有过一次同游。班里大约有七八个人吧，去的是郊县一个风景秀丽的小山村。夜晚一起看星星的时候，一条小蛇悄悄爬上夏然的脚脖子，等她发现的时候，蛇已经被天长一把拎起来扔得老远了。

后怕过后，夏然开始拼命地尖叫，天长笑着说："叫什么，不是早扔掉了吗？"

天长很少笑，可是他笑起来挺好看的，夏然在那样的笑里安稳下来，感激地说："好在你看到，不然我就没命了。"

"是啊。"天长又开始不动声色了，"你要记得我救过你一命呢。"

夏然不知道该说什么了，头低下去，埋在双膝里，心里拼命地想：他怎么看到的呢他怎么看到的呢，难道他一直在看着我吗？

直到后来月台上的送别，天长才第一次握夏然的手。天长手掌很温热，甚至有些潮湿，夏然听到他说，再见。他一边说眼光一边飘过夏然的头顶看着前来送行的一大堆同学。他很高，比夏然高出好大的一截，夏然矮矮地委委屈屈地站在那里，分手的绝望让她变得更加的不善言辞，最终没有祝福地送天长远离。

夏然有些悔，悔自己一直没有机会跟天长说起心里的那些奇奇怪怪的感觉，喜欢一个人的感觉，喜欢一个人但又不能靠近和说明的感觉。就这样，天长去了北方，夏然去了南方，在两个不同的城市里，他们偶尔也通通信。夏然的信很长，很天然而优美的文字，还没寄出倒先感动了自己。而天长的信总是很短：天冷了，下雨了，英语考级考砸了。口气淡淡的，像他的人一样。

夏然高中班同学都挺念旧情，分手的时候说好至少半年聚会一次。可是大学的生活忙忙碌碌，大家都开始有了新的生活和新的朋友，这些新感觉措手不及地击碎了往日的旧感情。所以一直到大二那年的暑假夏然才有机会再次见到天长。那是在一间不大不小的咖啡屋，四周散发着咖啡浓郁的芳香。咖啡屋里的音乐是一首很老的英文歌，一个男人沙哑的喉咙在唱：

I am sailing， I am sailing...to be near you，to be free...

越过那样的歌声，同学们很大声地在谈论大学里的种种趣事，天长往夏然的杯子里扔进一粒方糖说："甜点好喝些。"

夏然看着天长说："你好像瘦了许多。"

“北方的食物吃不惯。”天长耸耸肩说，“以后还是要回南方工作。”

“我倒喜欢北方呢。”夏然说，“我喜欢很冷很冷的冬天，下很大很大的雪，穿很厚很厚的衣服。”

“你与众不同。”天长笑着说，“那你考大学时怎么不报北方的学校？”

“我后悔了。”夏然话里有话。

那晚他们一路走着回家，一段很长很长的上坡路，夜深了，同行的几个男生扯着嗓子唱起了流行歌曲。夏然笑着说自己真是老土喝不惯咖啡呢，越喝越口渴。天长听了，不声不响地跑到前面，替夏然买了一支冰淇淋，很普通的那种蛋筒的。夏然接过含了一口，冰淇淋在嘴里慢慢地化开来，她感觉自己也要在那样的甜蜜里被慢慢地融化掉，终于鼓起勇气问天长：“你和多少同学通信呢？”

“就和你。”天长说，“其实我最怕写信。”

“为什么？”夏然问完，心狂跳着等一个答案。

“因为你老写，我不好意思不回。”天长在夜色下淡淡地笑了，夏然也笑，不让他看出自己的失落。

大三那年的暑假，天长不回家了，他给夏然发来电子邮件，说是要留在当地打暑期工。夏然做出一个大胆的决定——去看望天长。

那是一个著名的海边城市，天很高很蓝，海风悠悠晃晃地吹起来，夏然的眼睛里立刻就充满了泪水。夏然很容易就找到了天长的学校，还有他的宿舍，一幢淡灰色的四层小楼。门卫是个很客气的老伯，一点儿也没盘问就让她进去了。夏然敲门，开门的正是天长，他手里拿着好几本书，正要出去的样子。

见了夏然，他愣了愣说："你怎么来了？"

"来玩玩。"夏然欲盖弥彰地说，"怎么你不欢迎吗？"

"不是，不是。"天长赶紧接过她手里的旅行袋说，"只是觉得突然。你头发长了，我差点没认出你。"

那晚天长请夏然吃海鲜，吃到一半的时候来了一个脸圆圆的大眼睛的女孩子，天长叫她丁丁，并对夏然说："晚上你可以和丁丁住，她会照顾好你。"

丁丁朝着夏然绽开一个热烈的笑容，然后重重地捶天长一拳说："许天长同志，你老让我替你做事，得给银子！"

"给。"天长笑笑说，"你说什么都行。"

丁丁说："真的吗？那你就当着你的老同学说爱我一生永不渝。"说完调皮地一歪脑袋。

天长立即说道："丁丁，我爱你一生永不渝。"

丁丁哈哈大笑，看着夏然说："这个许天长，撒谎永远像真的。我服了他。"

弄不清真假，海鲜索然无味。天长对夏然说："你坐这么久的车该累了，先回去睡吧。明天我再陪你去看海。我晚上还有两个家教，得先走。"

夏然随丁丁到她的住处，丁丁是本地人，可是并不住在家里，也不住在学校，而是在学校附近租了一个小公寓，有厨房，有卫生间，还有一个小小的院落。院子里有些稀稀落落的野草和野花。夏然左顾右盼，看到一双男式的拖鞋和一个精致的烟灰缸，还有一支挂在墙上的长笛，心就呼啦啦地往下掉。

那晚她和丁丁挤在一张吱吱作响的小床上聊天，聊的都是些很无聊的话题，比如北方的面食、南方姑娘的皮肤还有Red Earth（化妆品品牌）的唇彩，好像是约定了一样，谁也没有提到天长。夜风带着海的气息扑来，还夹着茉莉的香味从窗户里慢慢地凉丝丝地游进鼻孔。夏然忽然觉得很疲惫，说着说着就进入了梦乡。

接下来的几天，天长总是忙，偶尔陪夏然吃顿饭，逛街看海全是丁丁作陪。丁丁是个很好的导游，替夏然把日程安排得满满的，让满腹心事的夏然玩得还算尽兴。为了回报丁丁，要走的前一天晚上，夏然提议在家做饭。她到菜市场买了很多的菜回家，然后主厨，丁丁什么事也不会做，就在她边上绕着圈夸她贤惠。

夏然开玩笑说："你得学会做啊，不然以后怎么给天长做老婆？"

"他不一定会娶我呢。"丁丁有些羞涩地说，"再说我也不一定会嫁给他！"

"嘴硬。"夏然说，"要知道天长那时候可是我们班有名的白马王子，你摘走了我们班草，别不知足！"

正说着呢，天长来了，一进屋就直叫真香真香，是家乡的香味呢。

丁丁骂他狗鼻子，他却开心地冲着夏然说："要天天有好吃的，做狗也愿意。”

吃到一半的时候丁丁提议喝酒，夏然说好啊好啊，她平时其实并不喝酒的，但是那晚就是想喝，想和天长一醉方休，于是不顾天长的反对和丁丁一起去对面的小店抬回了一整箱的啤酒。

丁丁去洗手间的时候天长对她说：“真喝啊？我就一点点儿酒量，会醉的。”

“醉就醉呗。”夏然说，“我和丁丁都不怕，你怕什么！”

“我怕我会乱来。”天长说。

夏然装作没听见，替他倒满了一大杯。

结果那晚他们三人都醉了，丁丁开了收音机，午夜的收音机里传出的是长笛那令人心碎的声音，夏然倚在那张小小的布艺沙发上，看天长拥着丁丁跳起舞来。丁丁没穿鞋，脚踏在天长的脚上，然后他们开始拥吻，吻得夏然头晕目眩。

第二天醒来时已是阳光万丈，丁丁和天长都还在睡，夏然提了行李悄悄地离开。可是天长还是追到了火车站，追上夏然后，他说的第一句话是：“我说我不能喝酒的，你非不信。我没乱说吧？”

“我也醉了，”夏然说，“什么也没听见。”

天长一直送夏然上了火车，默默地替她放好行李。车厢里人不算很多，还算整洁。天长说：“好好睡一觉吧，醒了就到家了。”说完，他转身下了车。

夏然扑到窗口，对着他的后脑勺大声地喊：“天长，天长！”并朝他伸出了手。天长也伸长了手来与她相握，在掌心的温度与湿度里，夏然忽然说不出一句话。

眼泪掉下来，掉在天长的手背上。

“这就是生死离别。”夏然对自己说。

就这样一直到大学毕业，夏然都没有再和天长联系。毕业后她回到了老家，在银行谋到了一份工作，关于天长的一切都是听来的，比如他考研考上了，女朋友家里很有钱，很支持他继续读下去之类的。

夏然一直没有谈恋爱，也不是没有男孩子追过她，曾经也对一个男孩子动过一点儿心，因为他也很爱干净，在夏然口渴的时候买冰淇淋给她吃。可是他话太多了，和夏然在一起就说个不停。他听摇滚，不理解夏然为什么喜欢听软绵绵的长笛。夏然在一个月后跟他提出分手，男孩拼命地问什么原因，他说他一定要知道原因。夏然只好拼命地摇头，她说不出原因，爱情是不可以有替身的。这是夏然痛苦的根源，却也是她心甘情愿的选择。

再知道天长的消息是一年以后，高中时的班长忽然来找她，要她捐钱。

班长说：“你在银行工资应该不低，再说许天长以前还是你的同桌，你怎么也要多捐点。”

“许天长？许天长他怎么了？”夏然惊讶地问。

“他得了肾病你不知道吗？回来治疗快一个月了。”

犹如五雷轰顶。

她掏出自己的存折递给了班长，里面是她工作以来所有的积蓄，一万多块。班长说："你捐得最多了，等天长好了，让他给你吹一曲《同桌的你》。"

"还差多少？"夏然问。

"天长还在读研，他妈妈没工作，家里根本就没钱。所以，"班长摇摇头说，"差的还是一个大数目，不过听说天长在北方的女朋友蛮有钱的，她正在想办法。"

"谢谢你。"夏然由衷地对班长说。

"该我说谢谢才对。"班长不解风情地说，"老同学我看还是你最念旧。"

送走了班长，去医院的路上，夏然准备了很多很多的话，可是到了那里，却又一句话都说不出来了。天长躺在病床上，显得越发的清瘦。他客气地说："真是对不起，还要你们这些老同学替我操心。"

"哪里的话！"夏然说，"你的病一定会好的。你要坚强一些。"

"怎么你觉得我不够坚强吗？"天长笑着问。

"不是，不是。"夏然连忙摆手，她的眼泪又要下来了，其实不坚强的一直是她，在天长的面前，她没有办法坚强得起来。

天长说："等我出院了，你再做顿饭给我吃吧。你做的菜口味真是不错呢。"

"你想吃吗？"夏然说，"你要是想吃从今天起我天天给你送！"

"夏然。"天长伸出一只手来摸了摸她的头发，"你头发又长了，不过还是老样子，一点都没有变。"

“不会变的。”夏然说。

“听说你谈恋爱了？”天长问。

夏然点了点头，她也不知道自己为什么要点头，其实她应该摇头才对啊，真是傻得可以。

“丁丁老在我面前提起你。”天长说。

“丁丁呢？她没有陪你回来吗？”

“没有。”天长说，“她在她老家，一直在替我筹款。她对我很好，我那时刚念大学，对北方一点也不习惯，是她和她的家人照顾我……”

“我知道……”夏然不让他再说下去。

一周后夏然看到了丁丁，是她去机场接的丁丁。丁丁放下行李，和她拥抱。她的头发烫过了，看上去成熟了许多。夏然邀她去她家住，那是夏然租的一个小居室，不大，和丁丁在北方的房子挺像的。在夏然家的长沙发上，丁丁拉开她随身带的布包，里面全是钞票。

“二十万。”丁丁说，“我爸并不同意我们在一起，所以我费了九牛二虎之力。”

“天长真幸福。”夏然说。

“他得活着。”丁丁说，“他那么年轻，他怎么可以死去？”丁丁一边说一边开始流泪，扯尽了夏然的一盒纸巾泪还是没有流完。

“快别哭了。”夏然说，“反正钱筹到了，等天长病好了，工作了，你们就可以结婚了，甜美的日子还在后面等着你们呢。”

“倒是，倒是。”丁丁倒到夏然怀里说，“有了钱，不怕了。”

有了钱的确是好办事，天长的手术很顺利地进行了。夏然几乎每天都往医院里跑，给天长和丁丁送吃的。医生说，手术很成功，天长恢复得很好，可以比预先想象的提前出院。那一天，丁丁和夏然都很高兴，她们第一次有心情相伴着去逛了街，在“石头记”里，丁丁看中了一颗晶莹剔透的红色玛瑙，一买就是一对，笑嘻嘻地揣在口袋里。

夏然要替她付钱，她说什么也不肯。

“也好，”夏然说，“买给心爱的人的东西，还是自己掏钱安心一些。”

就在天长出院的前几天，丁丁却突然决定要回去，夏然说等等啊，等天长和你一起回去多好。丁丁背对着夏然，笑笑说：“夏然难道你真的不知道吗？”

“什么？”

“天长他爱的是你，根本就不是我。”

夏然惊得半天也说不出话来。

“那晚你们喝醉了，其实只有我是清醒的。天长是要拉你跳舞的，可是他拉成了我，他抱着我，却在不停喊你的名字，他那么羞涩你是知道的，酒壮色胆，却拉错了人，也就只好将错就错了。”

“不可能。”夏然决绝地说，“他从没在我面前表露过一丁点儿。”

“那是因为他的事业还没有开始，要知道像他那样的男人，在没有能力前，是不会对自己心爱的人表达任何感情的。”

“别瞎说了，丁丁。”夏然打断她说，“别胡思乱想，天长只爱你，这简直不用怀疑。”

“不用怀疑的人应该是你。”丁丁说，“在我上大学的第三天，天长就跟我说过，他爱一个女孩，发誓要娶她，从他在教室外看到她替他擦课桌的那一刻起，他就爱上她了。”

夏然差点站不稳。

“所以，”丁丁笑着说，“天长是你的，谁也抢不走，我试图抢过，可我决定认输。我对自己说过，如果天长这次可以好起来，那么我就认输，心甘情愿地认输。要知道天长如果不是你的天长，又怎么可能天长地久？”

第二天一早，丁丁没有告别就走了，只在沙发上留下了那两块鲜红的玛瑙，旁边是一张小卡：“祝你们天长地久！”

夏然也没去接天长出院。她深知天长的为人，于情于理，他都一定会追随丁丁而去，那么美丽善良的丁丁，完全有资格拥有一份完美的爱情。

而自己，还可以选择忘记。

不用每天再往医院跑，日子再次陷落于孤单，那个有点像天长的男生不死心，又天天给夏然送玫瑰，冬天快到的时候，夏然终于同意了他的求婚。夏然坐在写字台前写鲜红的请柬，名单是班长提供的，她发现自己老同学真的是很多，写到许天长这个名字的时候，她跳了过去。

心头有过一阵痛，尖锐，不过短促。

十二月的圣诞节，夏然结婚的前五天，城市里下起罕见的大雪。窗口隐约飘进长笛的音乐，似曾相识的优美，夏然推窗而望，竟是穿着黑色风衣的天长。

与此同时，手机里传来的是丁丁的短消息：“谁说你等不到天长？且行且珍惜。”

雪下得很大，一片，一片，一片，如白色的烟火，在天空静静缤纷。

爱情一直醒着

是他让我明白，
爱情其实一直醒着，
只是我以前没有看见。

我站在男生宿舍的楼下，想说的话很简单，却已经在心里来去数百次。那就是：卓文，我们分手吧。

可是当卓文朝我走来的时候，我的心却要命地犹疑了。他很瘦，却穿着大大的灰色T恤衫，胡子好像很久没刮了，走起路来，有点摇摇晃晃的样子。可是就是这个样子，让我感觉熟悉和亲切，内心里积压已久的愤怒和委屈在一瞬间分崩瓦解不知去向。

终于近了，却听到他不耐烦的声音："不是说考完试再见面吗？又有什么事？"

"没事，来看看你。"我低声说，两眼看着自己的脚尖，恨自己没自尊到极点。

"许诺。"卓文叹口气，"要知道这次考试对我真的很重要。"

我心里想，考试，谁不知道考试只是一个借口啊！嘴里却只敢轻轻地"嗯"了一声。很长时间了，我都有些怕他，至于怕什么，我自己也说不上来。

"好啦，好啦，乖点！"他伸出手来揉了我的头发一下，"我们再说？"

我点头，不能说话，一说眼泪就要流出来了。然后我转身就走，走到拐弯的地方忍不住回头看他，他还站在原地，双手插在兜里，眼睛看着天空。

我的眼泪在那一刹那飞溅而出。我知道我和卓文，一起走过了两年多的日子，事到如今，只差一声再见。我做了那么多的准备，储存了一身的勇气，想要把那两个字先说出口，但是到最后却还是输给自己。这是多么可笑的一件事！

我是在大一的时候和卓文相恋的。那时我刚刚从农村考到省城来念大学，还是个不谙世事的小丫头。卓文比我高一届，是中文系出了名的才子。从我扎着双小辫穿着白衬衫进校的第一天起他便开始追我，招我进系报编辑部做实习编辑，在我耳边给我念他才写的情诗，带我去剧院看我一点也看不懂的话剧，教会我如何接吻和拥抱。

我的爱情被他一手启蒙，从此在爱的海洋里徜徉得晕头转向。我以为我会爱他到老，为他生儿育女，我一直心甘情愿，可是他早已心不在焉。

就像我前不久看到他发在《校园诗刊》上的一首诗，诗里说：爱情睡着了，不愿睁开眼，花还在开放，可我已经疲倦……

什么狗屁诗！

我用剪刀把那本《校园诗刊》剪得粉碎，一边剪一边想念卓文，想他爱我疼我时的模样，心尖锐地疼过了又钝钝地疼，周而复始，不得安生。

心里闷得慌，我不想待在学校里，决定出去走走。我走出校门的时候天色已经暗了，风从身后紧紧地跟过来，掀起我的衣角和裙摆。我无处可去，然后决定去找三宝。

三宝是我的老乡，我们在一个村里长大，三宝当然不是他的大名，他的大名好像是叫吴达贵，很难听。我习惯叫他三宝哥，因为我长了两颗兔牙，他则一直叫我兔丫头。印象中小时候的他挺笨的，连树都不会爬，但是他成绩好，比我早四年考上大学。等我也考到省城念大学的时候，他已经在这里谋到一份不错的工作，每月能挣不少的银子了。我妈来看我时再三叮嘱三宝要对我多加照顾，就差没有给他磕头。三宝倒是挺守诺言，三天两头嘘寒问暖一次，家里的汇款跟不上，也常常是他慷慨救济，搞得我们宿舍里的人好长时间都以为他是我亲哥。

不过自从我恋爱后，他来得少了。用他的话来说："这下好了，省心了。"

其实他也省不了多少心，在这座对我来说始终陌生而繁华的都市里，他成为我不可或缺的精神支柱，不快活的时候，我总是第一个想起他。

他宿舍离我们学校挺远，要转两次车。不过我不担心他不在。据我对他的了解，他这人不喜欢出去玩，不上班的时候他总是会在家用电脑聊天，这是他唯一的乐趣和爱好。

果不其然，我推门进去的时候他正在QQ上聊得眉飞色舞，好半天都没抽出空来理我。他们宿舍一共住四个男人，满屋子的臭袜子味。我掩着鼻子说："三宝哥，我还没吃饭呢。"

"陪你吃饭可以，"他懒洋洋地说，"喝酒不干。"

我扑哧笑出来。有一次我和卓文吵架，心情坏到了极点，就拉了三宝出去喝酒，结果我没醉他倒是先醉了，回来在床上躺了一整天，差点没被别人笑死。

"你笑得真牵强，"三宝的手指一边在键盘上乱飞一边扭过头来问我，"又和姓卓的闹别扭了？"

"别提我的伤心事。"我白了他一眼。

"你不伤心也想不到来找我。"他终于离开了电脑，把衣服披起来说，"想吃什么？三宝哥今天请客。"

"吃不下。"我愁眉苦脸。

"失恋嘛，"他说，"我三天一次，习惯了就好了。"

"谁有你那么花心，网上妹妹千千万。"

"好啦，好啦。"他拉我出门，"回头我分五百个给你，分头伺候你吃喝拉撒，如何？"

三宝这人就是这样搞笑，跟他在一起，快快乐乐简简单单的。春末夏初的夜晚还是有些冷，我把手插到他胳膊弯里，一路走一路说："我上次回家，你妈问我你有没有找到媳妇。"

"你怎么说？"

"我说没。"

"你怎么这样？"三宝说，"你该告诉她追我的姑娘在家门口排了五里。"

“我哪能撒那谎？”我说，“我是老实人。”

“那是。”他仰头说，“说了怕也是没人信。”

“三宝哥，”我问他，“你工作快三年了吧？”

“嗯。”

“那你存了多少钱啊？”

“不借！”他警觉地说。

“谁要问你借啊。”我拧他一下说，“我是提醒你要快点存，有十万，就可以娶个老婆了。天天有人给你做饭，多好啊。”

“十万？”三宝看着我，笑嘻嘻地说，“现在的姑娘胃口这么小？给你十万你肯替谁做饭不？”

“不给我也想啊，可惜人家不要。”我想到卓文，脸色一下子暗了下来。

“兔丫头你真被甩了？”他站住了问我。

我扁扁嘴，想哭。他赶紧安慰我说：“那个酸秀才，不要也罢。”

“不许你说他坏话！”我凶巴巴地说。

“得。”他拉下脸说，“女人就是这样没劲。”

进了饭店，我恶作剧地点了好贵的菜，急得他直朝我瞪眼睛。我才不管，放下心事胡吃海喝一通。他无可奈何地看着我说：“吃胖了，再花钱减肥，十万块不得存一万年？”

“你错了。”我说，“减肥我自个儿花钱。”

“那我放心了。”他夹给我一大块鱼肉说，“祝你被卡得愉快。”

“三宝哥。”我问他，“我到底哪里不好？”

他认真地看了看我的脸说："没看出来。"

"痴情不好吗？"我不理会他的幽默，自顾自地说下去，"爱情怎么可以说算了就算了呢，怎么可以说忘掉就能忘掉呢？"

"你妈要是听你这一套一套的，准撞墙去。"三宝气呼呼说，"她再三叮嘱我看着你，不许你谈恋爱。我都替你瞒了快三年了，你也争气点行不？"

"我就是想他啊。"我放下筷子，头埋到手掌心里，索性没出息到底。

"那就想吧。"三宝拉拉我的小辫子说，"被爱折磨也是福啊。"

"此话怎讲？"我抬头问他。

"我瞎说的。"三宝打个大大的呵欠说，"我又不是爱情专家，这些难缠的问题你还是问你的卓哥哥去吧。我快困死了！"

说是困，他还是一直送我到公车站台下，想了想又和我一起上了车，再陪我转车，就这样一直到校门口。我跟他说再见，他喊住我说："谢谢也没一声？"

"这么多年的哥们儿，谢什么谢，多生疏啊。"我说完，没良心地转身就走掉了。

我坚持着没去找卓文，我始终相信，只要我在原地守候，他一定会回来找我，爱情就算睡着了，也总会有醒来的一刻。卓文只是在犹豫，我不能逼他太急。

直到有一天，同宿舍的李眉对我说："许诺，卓文和'慕尼黑'

走在一起你知道不？”

我茫然。

李眉同情地说：“全世界都知道了，我实在是不忍心瞒你，刚刚我还看见他们在图书馆里一起看书呢。”

我知道“慕尼黑”，她比我低一届，因为皮肤黑而得此外号。那是一个热情似火的女生，整个夏天都穿着各式各样的吊带衫在女生楼里像蝴蝶一样地穿梭，很性感，也很美丽。

李眉又劝我说：“卓文那种人，忘了也罢。”

我知道有很多女生看不惯卓文，认为他不够男子气概且太多心计。但是我没有办法，他诱我吃下带魔咒的苹果，就算是跌下万丈深渊，我也是稀里糊涂觉得幸福。

我收拾好东西往图书馆跑去，可是走了一半我就折回头了，我没有眼见为实的勇气。我在校园的香樟树下站了很久，就是在这棵树下，卓文第一次吻我，他拥着我喃喃地说：“诺儿你就像一滴纯净水，从见到你的第一面，我就渴望饮你下肚。”

我讽刺地想，现在的卓文换了口味，他爱上了有色有味的果汁。

不甘心失败，我深夜十一点拨他宿舍的电话，他不在。然后我借李眉的手机给他发短消息，装作什么也不知道，告诉他我想他，让他照顾好他自己。

等了许久，他也没回。

李眉摸摸我的长发，爱怜地说：“为什么不干脆放弃，你会快乐些。”

李眉是我们宿舍里的大姐姐，她的男朋友在外地，他们每晚用短消息聊天，感情稳定得让人羡慕。我对她说：“风过风有痕，要是换成你，你能这么洒脱吗？”

“能。”李眉说，“感情一定要是合唱，倘若他变心，我绝不多流连一秒。”

“我不可救药。”我说，“满脑子都是他。”

“也许你只是爱着过去的一份记忆，而不是那个人了。”李眉说，“等你分清楚了，你就会想得开了。”

那晚我枕着李眉的话入睡，月光如水，渗透我永远也想不明白的心事。

终于等到卓文主动约我，我惊喜加惊慌，赶紧打电话问三宝我该怎么办。三宝正在上班，疑惑地问我：“什么叫怎么办？”

“他要说分手我怎么办？”

“抱住他大腿哭。”他干脆地说。

“三宝哥，”我拖着哭腔，“你教教我，怎么可以让他心软？”

“他约你在哪里见？”他问我。

“男生宿舍后面的小花园。”

“人来人往的地儿，那你没什么戏。”三宝说，“兔丫头乖乖，听三宝哥的，跟他潇洒说拜拜，一个人活得精彩。”

他居然会流行歌词，我心情再坏也还是笑了出来。

“这不挺好？笑起来，跟银铃似的。”他说，“祝你好运，老板冲我瞪眼了。”说完，电话嗒地挂了。

我毫无主张地去赴约，卓文果然跟我速战速决，他说：“许诺，我想我们就这样算了吧。”

“不是早就算了？”我努力维持脸上的笑容。

“你能想开就好。”卓文说，“我们有太多的不同，我不能带给你一生的幸福。”

“卓文，”我说，“好的。”

“对不起，许诺。”他的口气软下来。

我不知道自己该说什么，好像说什么都不是我的初衷。我想挥手再见，可是我却挪不动我的步子。就在此时，“慕尼黑”仿佛从天而降，她笑声朗朗地挽住卓文说：“还不走？我们要迟到了。”

她的眼神里充满了胜利的骄傲，居高临下地看着我。

我跟卓文说再见，然后看着他们走远。路过的男生冲我吹口哨，我的失败人人皆知。

卓文对我常常横眉怒眼，但看得出他很服那个“慕尼黑”。看来这就是所谓的一物降一物。我胡思乱想，双脚软软地回到宿舍，门卫告诉我有人找我，等在校门口。我跑出去一看，竟是三宝哥，蹲在那里抽烟。

“你干吗来了？”我问他。

“路过，”他说，“你吃了没有？”

“没。”我说。

“我知道有家新开的川菜馆，离这里不远……”

“别同情我。”他还没说完，我打断他说，“我死不了的。”

他狠狠地灭了烟头说："到底去还是不去？"

"去。"我说，"不过要打的，坐公共汽车我会晕。"

"到底是养成城里小姐了。"三宝说，"我弄个三轮车拖你如何？"

"也行。"我说。

"明天再买吧，"他招手喊下出租车说，"今天你将就些。"

那家饭店是不错，我喜欢吃辣，辣得眼泪都出来了，可是我觉得很爽。

三宝看着我说："想哭就哭呗，还赖在辣椒头上。"

"我再也不会为谁掉一滴泪！"我铿锵有力地说。

"那敢情好。"三宝说，"谁说话不算数是小狗。"

"三宝哥你很多年没回家了吧？"我说。

"等我娶了媳妇再回去，不然回去也不得安生。"

"那你干吗不恋爱啊？"我问他。

"谁说我不恋爱？"他看着我说，"我只是不想早恋而已。"

我的妈呀，胡子一大把了还说这话，我做呕吐状，他赶紧拿盘子过来给我接。我笑得天花乱坠。

他还是送我回学校，吃得太饱了，我们慢慢地走。一路上说些小时候的开心事，他告诉我我小时候长得很难看，干巴巴的。我就反击说他也好看不到哪里去，背个布书包，穿双布鞋，土得掉渣儿。

他笑着说："你要是回家，替我向我妈再讨一双那样的布鞋，穿着养脚。"

“你打算穿着它跟你的女网友见面吗？”我问他。

“不是不可能。”他说，“我以本色征服她们。”说完咧着嘴大笑，可爱得要命。我忘了自己是失恋的人，也跟着拼命地笑。

他又骂我说：“傻不拉唧的。”

“三宝哥。”我向他发誓说，“我以后再也不犯傻了。”

“不准去求他。”三宝说，“不然我打你。”

我“嗯”一声。他朝我点点头说：“进去吧，很晚了，早点睡，别想东想西的。”

我进洗漱间漱洗的时候正好碰到“慕尼黑”，她正在高声地和别人说卓文，语气鄙夷而夸张：“他真是个活宝，吃饭的时候给我念诗，我差点没吐出来。”说完纵声大笑。正笑着呢，她看到了我，脸色多少有些不自然，拿着她的脸盆和洗面奶迅速地扬长而去。

我心沉沦。

她竟然如此看不起卓文。

我睡不着，躲到李眉的蚊帐里跟她说悄悄话。她的短信息大战刚结束，脸上红扑扑的。我把刚才的事告诉她，问她：“真有两厢情愿的爱情吗？”

“当然有。”她说，“许诺你要相信爱情。一点点挫折不算什么。”

“没意思。”我说。

“别放在心上。你要记住，他们是两个和你无关的人，幸福也好，悲伤也好，你都要学会袖手旁观。”

可是我没想到，三天后，“慕尼黑”却气势汹汹地闹到我宿舍来，她把我的书桌猛地一拍，厉声说：“你都在卓文面前胡说八道些什么？”

我不解地看着她。

李眉走过来：“同学你有话慢慢说，动手动脚总不太好。”

“我喜欢动！”她话音没落呢，我的脸上已重重地挨了一巴掌。她下手很狠，又是如此的猝不及防，我又羞又怒，眼泪哗哗地往下掉。

同宿舍的女生都愤怒了，团团将她围住誓要给我争个公道。她突破重重包围尖声叫道：“死不要脸的东西，难怪人家不要你！”

门口挤满了看热闹的人，她终于被别人架走。

就连李眉也不信我，责备我说：“早告诉你要袖手旁观，你不听。”

我欲辩无言。

最想不通的是卓文也找上门来，在食堂门口拦住我说：“许诺，我希望你有风度些。”我不解地问他：“我做了什么事？”

“你不要惹她不开心。”

看来，他已被那黑丫头迷得神魂颠倒，跟他无任何道理可讲。我把饭盒往他脸上扔去，反正我已丢脸到极致，不如拖他一起下水。众目睽睽下他仓皇而逃。我再无食欲，回到宿舍睡觉。

我在梦里梦到三宝，我们回到老家，樱花开满天，那条叫“虎尾”的溪水慢慢地流，流到我脸上冰凉冰凉。醒来才知道，原来我竟在梦里流泪。

我打电话给三宝，告诉他我活不下去了，我想去死。

三宝在那边说：“兔丫头你悠着点，我有心脏病。”

“不过你放心，”我说，“你知道我没出息，我连死都怕，因为不知道怎么死可以不那么痛。”

“等我调查好了来告诉你。”他挂了电话。一定是在网上聊得欢，哪能顾得上我。

我倒下头继续睡，睡到一半被李眉推醒：“还不快下去，你哥和门卫吵起来了。粗话连篇的，我说上来叫你他才住口。”

我头也没梳，匆匆往下跑，三宝在楼下立着，气还没消的样子，见了我，拉我上上下下地看了一遍，这才说：“那糟老头儿，硬不让我上来，我差点掘他祖坟。”

我赶紧掩住他的嘴：“好啦，好歹也是个大学生。”

“我怕什么？”他说，“就怕你没事老吓我。这城东城西地跑，我真是吃不消。”又盯着我说，“去去去，去穿漂亮点，不然不带你出去吃饭！”

我照他说的换了衣服，梳了头，跟着他来到校门口。我的老天，怎么也想不到的是校门口竟停着一辆三轮车，三宝指着它说：“租的。今天三宝哥用它拖着你看星星去。”

我掩面惊呼。

三宝对我做个请的手势说：“上车吧，兔丫头。”

我上了车，三宝将车骑得飞快。他的技术相当不错，我抬头，璀璨的星空如一面湖水在我眼前滑过。

我大声地喊：“三宝哥，你干吗对我这么好？”

“废话！”

“三宝哥你是不是真的怕我死啊！”

“废话！”

“三宝哥，你是不是有一点点喜欢我啊！”

“废……话！”

“三宝哥你不是说我很丑吗？”

“废话，废话！”

我发现自己又流泪了，心里有个小小的机关被什么东西砰的一下冲了开来，心门开了，迎接一个叫三宝的男生。他和我一样，来自农村。他和很多来自农村的孩子一样，在城市灯红酒绿的狭缝中寻找生存的空间和美妙的爱情，有点自嘲，有点胆怯，但却从不认输。可是却是他让我明白，爱情其实一直醒着，只是我以前没有看见。

我还不能预计我们的将来。但至少，他踩着一辆三轮车，带着伤痕累累的我，找到了在爱情的路上重新出发的充足的理由。

冰淇淋恋爱了

我不是不感激，
但是我无能为力。
我和他之间，
跟阿朵和他之间一样地有缘无分。

六月，栀子花开了，大朵大朵的白。

我和阿朵手挽着手，在校园这弥漫着香味的夜色里漫步。阿朵跟我说起一个她才看来的笑话，我笑得拼命捏她的胳膊。她在路灯下停下脚步，看着我，正儿八经地说："冰淇淋，你不能笑哦，你笑起来，连月光都会化掉呢！"

"嘴甜。"我说，"要化也要先在你嘴里化掉才对。"

阿朵哈哈大笑，笑完了又说一句她跟我说过千百次的话："冰淇淋我们谁也不要恋爱好不好，不然留下的那个好孤单的。"

"放心。"我说，"我才不会谈恋爱。"

"我当然也不会。"阿朵说，"不过毕业后我就要和你比赛了，看谁先嫁出去！"

这真是一个很伤感的话题。其实我们很快就要毕业了，在学校的日子只能以天来计数。而且毕业以后，我和阿朵就要分开，一个到南方，一个到北方。我和阿朵做了四年的好朋友，她是我的上铺，是她教会我叠漂亮的被子和在拥挤的开水房里奋力而得意地抢出两瓶开水来。阿朵有一头天然的卷发，特别是洗过头后，卷得惊心动魄，那是什么样的发型师也做不出来的效果，而且她性格大方，敢作敢当，非常地可爱。她则说从没见过我这样小家碧玉的女孩子，让人忍不住地想疼爱。

我们一见如故。

在我们班上，也只有我和她一直都没有谈过恋爱。别的女生和男朋友卿卿我我的时候，我和阿朵往往是在宿舍里恶狠狠地下着象棋，谁输了，都会急红了眼，扭着对方非再来一盘不可，直到终于有一方心服口服无心恋战才罢休。

四年来，我和阿朵之间形影不离无话不说，亲密的友情令别人羡慕得发酸。但我和她之间也有些绝口不提的往事，那就是关于凌。

我想我和阿朵是同一天爱上凌的。

凌是我的老乡，比我们高一届，也是我们校乐队的主唱。他的声音略微有些沙哑，唱起歌来特别地有味道。我对流行歌曲并不是太精通，阿朵却是对各路歌手如数家珍。那一次老乡聚会我带着阿朵一起参加，凌一开场就抱着吉他来了一首罗大佑的《乡愁四韵》：

给我一瓢长江水啊长江水，那酒一样的长江水，那醉酒的滋味是乡愁的滋味，给我一瓢长江水啊长江水……

那时我们刚大二，虽不算是新生，但这思乡的歌还是妥帖地呵护了我们愁肠百转的乡愁。那夜的阿朵显得格外的兴奋，看着凌的眼睛像夜空里亮晶晶的星星。可是凌先请我跳舞，他比我高好多，我在他的怀里非常地不自在，本就生疏的舞步凌乱而狼狈。凌说：你叫倪冰对吧？我点点头。凌说早就知道有一个叫倪冰的漂亮小学妹，没想到竟这么漂亮。这之前没有男生这么夸过我，我疑心凌对所有的女孩都是这般地甜言蜜语，但我又有些喜欢他这样的甜言蜜语。他带着我跳舞的时候，阿朵正在唱一首王菲的歌，那歌词很有意思：第一口蛋糕的滋味，第一件玩具带来的安慰，太阳上山，太阳下山，冰淇淋流泪。第二口蛋糕的滋味，第二件玩具带来的安慰，大风吹，大风吹，爆米花好美……

凌在阿朵的歌声里问我："那女生好像不是我们老乡？"

"对，是我好友。她跟我一起来玩的。"

"她的头发就像爆米花。"凌说。

"你没听她正唱，爆米花好美？"我呵呵地笑着说。

"还是你这样的女孩我喜欢。"凌的唇边扬起一丝微笑，"她俗气了些。"

"如果你不喜欢我的朋友，"我推开他说，"也完全不必喜欢我。"

"哦？"他又一把拉过我说，"好啦好啦，我承认爆米花好美好不好？我可不能让冰淇淋流泪！"

一个很懂得哄女生的男生，且帅气。

我真的是有一点动心。

后来他又请阿朵跳舞，我在闪烁的灯光下看阿朵把头埋在他的怀里娇笑，想必凌一定也是讲了什么让她开心的话了，凌也笑得很舒心，把阿朵搂紧了一些。我听到我心里微微失落的叹息，但我不允许自己不快乐。

很长的一段时间里，我都以为阿朵会和凌恋爱。因为阿朵老在我面前提起他，而且每个周末都拉了我和她一起去看校乐队的彩排。确切地说，是去听凌唱歌。凌唱着那些情歌的时候常常会用眼睛看着我们笑。阿朵也看着他笑，头一点一点地合着拍子。我却常常不知不觉地别过头去，不敢看他。

终于有一次，凌从舞台上下来，邀请我们晚饭后一起去喝茶，我找了借口说去不了，凌当着阿朵的面说："怎么？怕我吃掉你？"

阿朵哈哈大笑说："你别小看冰淇淋，她胆可大着呢。"

"是吗？"凌转头对阿朵说，"我看你胆子比她大得多。"

"看对了，"阿朵说，"她不敢去我敢去！"

那晚我去了姨妈家，阿朵独自赴约，穿着她心爱的蓝色长裙。也许是预感到有什么样的故事会发生，她的脸一直红红的。分手的时候，她就那样脸红红地对我说："冰淇淋你还是不要去你姨妈家了，陪我一起去好吗？"

"不好啊，"我说，"我要是真去了你又会嫌我多余了。"

"不会不会！"阿朵说，"你永远也不会多余。"

但她到底也没有坚持，最终还是自己去了。

我坐在姨妈家的沙发上恶狠狠地啃着一个苹果，想象阿朵和凌坐在学校门口那间叫"蓝月"的灯光幽暗的茶坊里说着那些暧昧的话，命令自己不许伤心。

可是苹果没啃完就接到阿朵的电话，她在那边哭得气喘吁吁。

我问她为何，阿朵直骂凌是猪，请了她喝茶，却在茶室里和另外三个男生打扑克牌，完全把她晾在一边。

“你快来，”阿朵说，“来替我教训你老乡。”

听不得阿朵哭，我心急火燎地赶回学校，阿朵在公交车站牌下等我。一见我，她就扑到我怀里来，双眼红肿，低声说：“冰淇淋我自尊伤透了。我再也不要见人！”

我把阿朵安顿到宿舍里，这才出去找凌。凌果然还在“蓝月”打牌，见了我，有些吃惊地站起身来，和我一起走到室外。

我问他：“你可知自己过分？”

“如果是你，”凌说，“待遇会不同。”

“不稀罕。”我说，“你伤害我姐妹，就得向她道歉。”

“行。”凌说，“你说什么都行。”

“那么不打牌了，”我说，“跟我去宿舍哄她。”

“你想好了？”凌说，“你确定？”

我恨他的这种腔调，转身欲走，他却一把抓住我说：“好，我跟你去。”

“不用了，”我冷冷地甩开他说，“要是没心思，请看在老乡的份上，下次别再拿她开心，OK？”

“那你何以为报呢？”

“如果你一定要，那就是一耳光。”

“冰淇淋你一点也不像个女孩子，你心肠真硬。”他说。

“但是我心肠好，这一点比你优秀。”

“我喜欢心肠好的女孩，可是她老是躲我远远的。”凌说，“我希望有机会对她说点什么，你看好不好？”

我真怕他说出点什么来，赶快转身跑掉了。

不管怎么说，我讨厌他让阿朵不开心。其实更重要的是，我不相信凌这样的男生会为谁而停留，他踌躇满志，爱情永远只能是调味品，我才不会上当。

没想到第二天凌真的来道歉，油腔滑调地说了不少好话，我说：“你说再多也没有用啊，最好是唱首歌。”凌就真的唱，好几首歌串来串去地逗阿朵开心，阿朵生气之余总算有些安慰，但看得出，她伤得不轻，笑容总是很牵强。

我悄悄地走开，心里渴望凌能更多地安慰阿朵。

我在楼梯的拐角处掉了一颗眼泪，但我飞快地擦去了它，没有人看见。

那天夜里，阿朵躲到我的小床上来，把头埋在我的胸前，对我说：“他不会爱我，我死了心了。”

“为什么？”我心里一颤。

“他说他谁也不会爱。”阿朵说，“我想也许是因为他觉得我们不现实，所以不愿意游戏爱情吧。”

“我要也是你们的老乡多好。”阿朵最后叹息说，“好不容易遇见爱情，却只能放在心里。”

她卷曲的长发散落在我的手臂上，疲倦地睡着了。

以后凌不再约我们，我们也很少再去看彩排，彼此见面的机会不多，比如偶尔是在食堂里，然后他会喊住我们说：“冰淇淋，爆米花，今天想吃什么？”

阿朵一般会回嘴说：“想吃什么你请吗？”

然后他会说：“请，请到倾家荡产也在所不惜！”

他走后，阿朵就对我说：“此人八面玲珑，没一句真话。”

不过凌还真请过我们一次，那是他毕业之前，请了满满的一桌。他没有回老家，而是在离这里不远的一座城市找到了一份相当不错的工作。我们一起祝贺他，那晚他多喝了一些酒，手放到我的肩上来，叫我“冰淇淋小妹”，并对别人说：“要照顾好我的小妹老乡和她的好朋友，我走了，她们要是在学校受委屈，我可饶不了你们。”

阿朵有些伤感，眼睛湿湿的，我则飞快地把他的手推开了，冷冷地说：“多谢关心了，我会照顾好我自己。”

那天晚上女生宿舍的楼下突然传来很优美的吉他声。那时我们刚刚梳洗完毕躺上床，那吉他声就完美无缺地从窗口飘了进来。阿朵扑到窗口，然后我听到她压低声音的尖叫声：“凌，是凌！”

真的是凌。

他的歌声对我，其实已经是那么的熟悉。

凌在唱一首我从来没有听过的歌：

月光下的城
城下的灯下的人在等

人群里的风风里的歌里的岁月声
谁不知不觉叹息
叹那不知不觉年纪
谁还倾听一叶知秋的美丽
早晨你来过留下过弥漫过樱花香
窗被打开过
门开过人问我怎么说
你曾唱一样月光
曾陪我为落叶悲伤
曾在落满雪的窗前画我的模样
那些飘满雪的冬天
那个不带伞的少年
那句被门挡住的誓言
那串被雪覆盖的再见
…………

夏天的月光弱弱的，像轻纱一样笼罩在他的身上，从四楼往下看，只能看到一个模糊的剪影。整个女生楼都沸腾了，有女生冲进我们的宿舍对阿朵喊道："阿朵你真是好福气啊，八十岁的时候也不会忘记有人这样向你表达过爱情。"

阿朵在那样的歌声里痛哭失声，但是她没有下楼。

我也没有。

凌唱完后就起身走掉了。

我坐在我的小床上抱着腿，心却一路追着凌的脚步而去，月光一下子变得铺天盖地，但我没有表露伤感和激动的机会。

全世界除了凌，只有我知道，那首歌其实是唱给我的。

我有把握。

凌那么骄傲的男生，选择了这样的一种方式坦露真心。我不是不感激，但是我无能为力。我和他之间，跟阿朵和他之间一样地有缘无分。

凌走后就再无消息，整整的一年，我和阿朵再也不提他，仿佛从来不认识他一般。别人谈恋爱的时候，我们就关在宿舍里下棋，阿朵再也不唱那首叫作《催眠》的歌，冰淇淋不再流泪，爆米花也没心情好美。

爱也好，恨也好，我知道我们都想念凌，但是我们都不说。

我安慰自己说，其实有很多人就是这样，他命中注定不属于你的生活，温柔地出现，然后硬生生地从你的生命中抽离，不再有一丝一毫的关联。对于这样的人，是没有必要去疼痛的，因为他感觉不到你的疼痛，这样的疼痛也就毫无意义可言。

一次偶然的机会，我在电台里听到了凌那晚唱的那首歌，才知道那首歌叫《月光倾城》，原唱是老狼。我有些要命地恍惚和怔忡，歌的旋律直击我心，对于不谙流行音乐的我，那支只听过一次的歌感觉却是那么的熟悉和亲切。我瞒着阿朵，千方百计地要来了这首歌的歌词，仔细地抄好，放在我的枕头下面，夜夜枕着它入眠。

就是这样的回忆，其实也挺好。

别的，我真的不想要求什么了。

我没有想到会和凌重遇。

那是在我们毕业的前一天。天热得让人喘不过气来，炽热的阳光无孔不入。我和阿朵买了一大瓶的防晒霜，从脸和脖子一路抹到脚丫子。离愁别绪像夏日骄阳一般折磨得我们不得安生。阿朵比我幸运，她在北方的父母已经替她找到了合适的工作，我高不成低不就，只能待业等待机会，心情一直处于低谷状态。

阿朵说："冰淇淋我有个好主意，我们去买两条一模一样的裙子来穿，回家的时候一穿这裙子就想到对方，顺便也可以享受一下大商场里的冷气。"

"好。"我说。

当我们穿着一模一样的大花裙回到学校的时候已经是黄昏了，太阳不再那么地毒，运气好的时候还能享受到一阵凉风。就在学校的门口我们碰到了凌，他背着一个背包，风尘仆仆的样子。看到我们他非常地开心，说："看看你们俩，真恨不得是孪生姐妹才开心。"

我疑心是梦，可他却是那么真实地站在我们的面前。

"怎么了？"凌笑笑地说，"不认识我了？"

"你还活着？"憋了半天，我终于憋出了一句话。和我相比，阿朵则显得要沉静许多，她微微地笑着，然后说："欢迎，晚上我们请你吃饭。”

“我请。”凌说，“我请你们去香格里拉。”

“也是，”阿朵说，“你现在比我们有钱。”

我和阿朵就那样穿着一模一样的衣服和凌到了酒店，服务小姐很奇怪地看着我们。凌幽默地说:“别看了，双胞胎各自长变了形。”

小姐笑得差点打翻酒瓶。

其实我们和凌并不算很熟悉的朋友，就算有些什么样的感觉，也从来没有说破过。再加上这么久不见面，吃饭的时候都不知道该说些什么，显得有些生疏和尴尬。冷场了半天，凌问起我工作的事，我说:“还没有着落呢，最好别提这个，要么我们说点别的。”

“那么说什么？”凌问我。

阿朵埋了头笑，然后抬起头来对凌说:“说我们一直没来得及说的爱情，好吗？”

阿朵真是勇敢极了，凌的回答更是出乎我的意料，他说:“好。”

我故作轻松地一眨眼说:“你们可嫌我多余？”

“还真有一点。”阿朵拿筷子打我的手。

凌却说:“不多余，不多余，至少，你要做见证人的嘛。”

我脸上拼命地笑，心却酸酸地疼起来。

阿朵一把揽过我说:“乖乖冰淇淋，我们来喝酒。今夜我们不醉不归哦。”

“好好好。”我说。

那天晚上我好像喝了很多的酒，说了些什么话我也不记得了，当我再醒来的时候，是躺在宿舍的小床上。上铺空了，阿朵正在收拾行李。我记得，她的火车应该是中午十一点，我还要在姨妈家住上十几天，等待一个有一丁点可能的就业机会。如果不行，再回老家。

我头还是有些疼，睁着眼待在那里看阿朵忙碌。看了半天，忍不住问："凌呢？"昨晚的事我真的是一点也记不起来了。

"在楼下。"阿朵说，"一会儿送我去车站。"

"他专程来送你的吧？"我撑起身子，装作若无其事地问道。

"也许是吧。"阿朵诡秘地一笑说，"看来我魅力还真是不小呢。"

"废话哦。"我说，"可是你要回老家，你们怎么办？"

"那有什么？"阿朵说，"两情若是久长时，又岂在朝朝暮暮。冰淇淋你还记得我跟你打过的赌吗，看我们毕业后谁先恋爱，你说我这算不算是赢了？"

"当然算。"我说。

凌果然等在楼下，白天里认真地看他，发现他成熟了不少，和学校里的那个他已经判若两人了。但还是有棱有角的那张脸，还是让我有不敢注视的喜欢。我想起很早以前在书上看过的一句话，那句话大意是说爱上一个人也许只需要一分钟，可是忘记却需要长长的一辈子，看来真是这样的啊。

我知道这一次是阿朵让他回来的，阿朵总是比我勇敢，既然忘不掉就努力地去争取，所以她可以得到想得到的任何东西，也可以比我幸运。想到这里我沮丧极了，至少昨晚不该喝醉，那么还有机会听凌唱那首叫《月光倾城》的歌。

站台上，我和阿朵哭得像两个泪人儿，凌拎着大包小包，有些无可奈何地看着我们。终于哭够了，火车也快开了。阿朵跳上车，我在窗口和她依依不舍地握手，落入我手中的，是一个蓝色的信封。

车开了，我迫不及待地拆开阿朵的信，四年来，这还是阿朵第一次写信给我呢，那纤细的笔迹我再熟悉不过了。

亲爱的冰淇淋：

当你看到这封信的时候，我已经离开了你的身边（这话真老套耶，不过你原谅我吧，我可没有你那么好的文笔）。

更要原谅我的是，我是一个那么粗枝大叶的好朋友，让你无端地，受了那么多的委屈和折磨。

不过，我已经将功补过了，不信，你往身后瞧瞧？

我只是把你放在枕头下的歌词寄给了他而已，其他的，我可什么也没说，嘻嘻。

我亲爱的朋友，我知道你是如何真正地爱着我，这份友情是我今生今世也丢不掉的美好财富。我真的愿意输给你，真的愿意。

因为只有这样，我们才能双双赢来幸福。

你说，是吗？

恋爱吧，冰淇淋！

没有我的日子，你保重。

有他在你身边，我放心。

永远爱你的爆米花

我转过头，在火车的轰鸣声中，凌把手插在口袋里，正朝着我微笑。

刺猬小妖的最后一夜

在这喧嚣与暧昧交错的夜里，
他的神秘与温柔像一个陷阱，
叫我无力抗拒。

因为一个来路不明的手机短信息，我又对黎中发了脾气，摔了杯子，扔了手机，砸了相框，打了他两耳光，骂了他无数句“死猪”，然后哭了个昏天黑地。

黎中从一开始便一语不发，仿佛这一切都与他无关。他在我嘤嘤的哭声中无情地出门，留我一个人在家。那条惹祸的短信息是：“我在老地方等你喝咖啡。”我离奇的想象提醒我，此刻黎中正和一个温温柔柔的女孩坐在一起喝咖啡，咖啡有袅袅上升的雾气，女孩的眼睛干净而清澈，她有光滑年轻的额头和自然柔顺的长发。这种想象让我疼痛极了，失败的灰暗像蛇一样缠绕着我，令我浑身无力。

良久，我才从沙发上抬起头来，在对面的镜中看到一个疲惫而陌生的女人，单薄而苍白的嘴唇，深凹而微红的眼眶，完全彻底受伤的脆弱，不禁顾影自怜。

我知道，我给了黎中爱情，然后就把我自己弄丢了。

我是个美女。

其实并不是没人爱我，在我十八九岁的时候，无数的男生排着队追我，在女生宿舍的窗口为我哑着嗓子唱情歌，我不为所动地坐在床边啃苹果，偏头看天空的鸟排着队被晚霞一只只淹没，感觉好得要命。可是我没想到的是我偏偏中了黎中的毒，一中就快三年。这一切只因为他给我起了个奇怪的外号：刺猬。

以后每次亲昵的时候，他总是在我耳边连声地唤我“刺猬，小刺猬……”，他说没见过比我更像刺猬的女人。凶巴巴的时候是我最可爱的时候。可是现在，连我最可爱的样子都留不住他，爱情走得真是悄无声息。

我从沙发上爬起来，换上我心爱的“淑女屋”的长裙，扎好我的麻花小辫。黎中曾在那蓝色的裙摆下彻底地臣服，无数次他的眼睛暖暖地看着我，手温热地绕过来，然后喃喃地说：“刺猬啊刺猬，你迷得我晕头转向啊。”

这场爱情里，我不是没有得意非凡过。

只是风过无痕。

坐直身子，再给自己抹上暗红色的口红，唇厚嘟嘟的。眉则描得更细一些，有一点点腮红也不错，再扑上一点亮亮的粉，我看着重新鲜活起来的自己，想象着做一个最淑女的风尘女子，一定可以迷倒很多男人。

如果不是因为黎中，我一定还是有滋有味地活在众多的宠爱里。可是他居然不珍惜，于是我决定出去放纵。

去他的黎中！

去他的爱情！

我坐上了的士。司机问我去哪里，我说："哪里好玩去哪里，要不你替我挑一间最大最嘈杂的酒吧。"

司机是个女孩，她饶有兴趣地看着我说："这么晚一个人去玩不怕吗？那里可有的是色狼。"

我说："这么晚你一个人开车不怕吗？色狼哪里没有？"

她闭了嘴，一路将我送到"蓝月"酒吧。

我有些招摇地进去，门推得哗啦一声响。里面灯光灰暗，人影摇动。其实我一坐下就有些手足无措了，我并不是一个坏女孩，我真的只对黎中坏过，任性过，发疯过，那是他说他喜欢啊。

其实我真的一直是个乖女孩。

我要了啤酒，加冰的那种。看冰块在金黄色的液体里浮游，亮晶晶的，多像我少女时代的眼睛。我把我的少女时光全给了黎中，青春像流水一样从他手里晶莹掠过，他掠夺了最芬芳纯美的东西，留给我的是最干枯的不再开花的感觉。

悔。

我仰起头来，一口气喝下去一大口酒，有些咸咸的，像眼泪。

有男人在我身边说："不会喝就不要硬撑。"

我抬头看说话的人，他长得真好看，像电影里的那种男主角。我有些恍恍惚惚，他拿着酒杯，有修长的手指、暧昧的笑容。但是他真的长得很好看，比黎中好看多了，我不由自主地冲着他笑了。

他在我的对面坐下，说："不如我请你喝西瓜汁？"

我说："好啊，起码两杯。"

"你喝多少我请多少。"他看着我，我躲开他的眼光，听到他的轻笑，又不服气地转头看他。

"Jack。"他自报家门。

"英文烂。"我说，"拜托说中文。"

"夹克衫。"他指指他身上的衣服，正儿八经地说。

我忍不住笑出来。一个有趣大方而且漂亮的男人，跟他有一夜情倒也不错。只是剧情开始得太突然，我甚至来不及准备，戏已经开场，总有些惴惴不安。

"怎么称呼？"他问我。

"随便。"我说。

"那我叫你小妖吧。"他说，"你的'淑女屋'长裙可掩不住你眼底的那股妖气，一个妖妖的小姑娘，我喜欢。"

一个可怕的男人，不是吗？

"他喜欢叫我刺猬。"我又喝下一大口，昏头昏脑地说。

"小妖。"

"不是小妖，是刺猬。"我纠正他。

"这里没有刺猬，只有小妖。"他挺坚持。

我不再说话，他便用奇怪的眼神看着我，想了想，妥协说："好吧，刺猬小妖。"

我别过头去，忍不住笑起来："你这人，有点意思。"

“如果你跟我在一起，”他往前靠近了一点，继续说，“会更有意思。”

“哈哈哈。”我摇着头说不，“我讨厌夹克衫，喜欢西装。他总是西装笔挺，每天换一根领带，衬衫总要我熨了又熨，我打他骂他，他从来都不还手。他说我最可爱的时候就是凶巴巴的时候。但是他说变心就变心，爱情就是无聊的代名词。”

“难怪他要和别的女人喝咖啡。”夹克衫说，“实属正常。”

“你什么意思？”我很不高兴地对他说，“别以为你长得好看又请我喝西瓜汁我就不会骂你！”

“你知道你的缺点吗？”

“太凶？”

“不不不，”他笑笑，也喝下一口酒，然后说，“你话太多。对一个陌生人尚且如此多话，他的耳朵焉能受得了？”

我被他抢白，脸红到脖子根，站起身子来要走，他一把拖住我说：“脸皮这么薄的小妖到哪里去找？我不会放你走的。今晚好好陪陪我！”

我第一次和陌生男子有这么近的距离，他的手捏着我的手腕，力道正好，呼吸就在我的耳边，心里恨恨地想着黎中的薄情，我轻轻地歪到他怀里，不顾危险地说：“好。”

我们坐到了一起，在酒吧的一个相对安静的角落里，他的手揽着我的腰，将西瓜汁送到我的嘴边。他说得有道理，这里没有刺猬，只有小妖，小妖又如何会拒绝一个送上门来的男人呢？他将我搅得更紧，却不过分用力，我像一块糖快要化在他怀里。脑海里明明闪过黎中的脸，却又装作很享受眼前的这一切。“夹克衫你真有福气啊，我要不是失恋，你怎么可以泡得到我？”

“这就算泡？”他低声警告地说，“好戏还在后头呢。”

不知道为什么，我全身一下子就凉了起来，有些说不出的恐惧。我推开他的手坐得笔直，他却又固执地将我环在怀里。我下意识地闭上眼睛，任他的呼吸在我颈上游移，从恐惧到沉溺。他像一条优雅的鱼，让我一步步沦陷到他的世界里去。他贴在我耳边，轻轻对我说：“小妖，你的眼睛像一颗淡蓝色的眼泪。”

“叫我刺猬小妖。”我指着我的蓝裙子，苦笑着说，“只是刺猬小妖没一根刺，整个人就是一颗淡蓝色的眼泪，一碰就碎，根本无法自卫。”

“让我来保护你。”他说。

“保护我？”我笑笑。

“怎么，不信？”

“我不需要保护。”我说，“我早已百毒不侵。”

“撒谎。”他的手指温柔地在我脸颊滑动，停在我的眼角。

眼角莫名的一滴泪被他发现，他用指尖沾了那泪珠给我看。

我心头百味纠缠，竟然扑到他肩上哭了起来，他轻轻拍着我的背，有些惋惜又像是戏谑地说：“说真的，还真舍不得碰你。”

“才不是，你是嫌弃我不够漂亮，他肯定也是嫌弃我了所以才去……哼，男人对女人，总是嫌弃的。”我前言不搭后语。

夹克衫没说话，只是笑。

我摸着自己的脸，丧气地说："我真像个怨妇！"

他呵呵笑着说："怨妇你真有福气啊，我要不是失恋，怎么会想到泡你？"

我吃惊地问他："你也失恋？"

他朝我挑挑眉："可不。"

"帅哥也会失恋？"我说，"真是世道炎凉啊。"

"美女也会失恋？"他说，"还真是世事难测！"

我歪在他怀里咯咯地笑，他又说："你一进门我就看到你了，看似招摇其实内心犹豫不定，你并不常来这种场所，对不？"

"夹克衫，"我说，"你是主修心理学的？"

"好奇心这么强，我赌你超不过 23 岁。"

"算你厉害！"我看着他好看的侧脸、深邃的眼眸，本想问些什么，但还是没问出口。

我猜测着他的年龄、他的职业、他的家庭，噢，也许还有他的爱人。我享受着这场突如其来的艳遇，在这喧嚣与暧昧交错的夜里，他的神秘与温柔像一个陷阱，叫我无力抗拒。

直到他对我说："带你去兜兜风？"我这才清醒。

我对车一向不精通，连夏利和桑塔纳都分不清。但我知道夹克衫的车是很高级的那种，因为坐在里面很舒服，还有缓缓的音乐低低地流动。

他转头问我："飞车，怕不？"

"怕是小狗。"我朝他吐吐舌头。

"那系好安全带。"话音刚落，车已如离弦的箭飞奔起来。老实说我从来没坐过开得这么快的车，看灯火阑珊的夜色变成彩色的风从眼前掠过，心里说不出的痛快，我故意打开车窗，让风吹乱我的长发，再哼两句我喜爱的歌，心情飙到了极致。

这梦一般的夜的飞翔。

我爱它！

直到车终于在一条寂静的林荫道上停了下来。

我喘着气看着夹克衫。他也看着我，然后问我："开心了？"

"嗯。"我点点头。

"那么，"他说，"接下来想做点什么？"

"做爱好吗？"我被优雅的夜色和满天的星星彻底扰乱了心，大胆地看着他，誓将放纵进行到底。

他却看着我笑了，说："我赌刺猬小妖会后悔啦。"

"怕我的刺？"

"你不是没刺？"他说，"我可不想碰碎一颗美丽的眼泪。"

我怀疑地看着他问："那你带我出来做什么？"

"老实说，一开始我想，但现在不想了。"夹克衫的手放在方向盘上，眼睛温暖地看着我说，"你还是个孩子。"

"老男人真伟大。"我忽然觉得很累，疲惫极了，打了个大大的呵欠。

淑女形象荡然无存。

“夹克衫，”我问，“你主修教育学？”

“傻孩子，不过一场梦。”他哈哈笑着说，“你遇到我，不过是一场梦。”

“梦，可它为什么这么真实？”我期待着他的答案，或是一个回应，然而他只是笑笑，手伸过来说：“要是困，就睡会儿。我守着你。”

我倒到他怀里，竟然就真的睡着了。当我醒来的时候已是黎明时分，我躺在车子的后座上，蓝色长裙完美无缺地罩在我身上，上面是他黑色的夹克衫。

我就这样，在一个陌生男人的车上，沉沉地睡了将近一夜！

然后我闻到了一阵香味，我坐起身来，一个热热的汉堡和一杯热牛奶递到了我的面前。

“麦当劳。”他说，“孩子的最爱。”

我盯着他，真是一个好看的男人，经过一夜的风霜依然那么风度翩翩。我疑心自己被他迷住了，傻傻地说：“我不刷牙从不吃早饭。”

“那好。”他把东西放回袋子里说，“住哪里，我送你回家。”

车子在我家附近停了下来。我看着他，他看着我，然后他说：“慢走！”

“好！”我说，但是我没有动。

“呵呵，”他说，“回家别和他吵，有什么事慢慢说。”

“好！”我说，但我还是没动。

“好啦，”他说，“我还要赶着上班去。”

“夹克衫，”我说，“告诉我你姓什么？”

“姓茄啊，”他说，“刺猬小妖笨笨的。”

“记住了。”我拎着他替我买的一大堆还热腾腾的食物下了车，一个萍水相逢的陌路男人，你能跟他要求些什么呢？

我看着他的车绝尘而去，有些想哭，但最终没有。

等我回到家的时候，黎中已急得像热锅上的蚂蚁，正在满屋子地乱转，看到我，紧紧地抱住我说：“你去哪里了，你去哪里了，为什么手机不开机？”

“你急？”我茫然地看着他问。

“我都急死了，”他紧紧拥抱我说，“你再也不可以这样随便失踪。”

“你不是有人陪你喝咖啡？”

“那该死的短信息，”黎中说，“一个朋友的玩笑而已啊！”

“那你为什么不解释？”

“你不是在气头上吗，听得进去？”

“那你为什么要丢下我出门？”

“我只是想等你气消了再回来，顺便给你买点你喜欢吃的！”黎中说，“谁知一回来你已经不在家了，急得我一夜没睡好，大街上找了好多个来回！”

我哑口无言。

“告诉我你去哪里了？”他柔声问我。

“哪里也没去，”我躲开他的目光，闪烁其词地说，“在街上走了一夜。”

“我的刺猬，”他再次紧紧拥抱我，肉麻地说，“我不能没有你。”

“好。”我说，“我不再乱跑。”

黎中松一口气，放开我去替我放洗澡水，在哗哗的水声里他对我说：“刺猬我快升职了，我可以早一点娶你进门了。”

我才恍然大悟，其实黎中真的是一个很优秀的男人，我跟着他不是没有理由的，最重要的是，他容忍我所有的坏脾气。

我依然爱他。

只是他永远也不会知道，我刚刚经历完冒险的一夜，和一个叫夹克衫的男人，不不不，那男人有个很好听的英文名字，叫Jack。我差一点在他的怀里沉沦，所幸的是一切都没有发生。

他叫我刺猬小妖，他说我的眼底有一股可爱的妖气，可是他并没有碰我。

我不知道是不是该对夹克衫说声谢谢，但我心里清楚，那是刺猬小妖唯一，也是最后的一夜。

结婚的前一夜，我又独自去了那间叫作“蓝月”的酒吧。

酒吧里真乱，我坐在那里默默地喝完了一杯西瓜汁，然后离去。

小寂的红色大衣

在我心里一直复杂和迷乱的爱情，

原来也可以开始得

这么的突然和简单。

小寞又穿走了我的大衣。

那是我昨天才买的大衣，贵得离谱，买的时候心都在滴血。但是我喜欢大衣的那种红色，不艳不淡，质地也很好，摸上去，很有安全感的一种温暖。

都怪我昨晚熬夜写稿所以起晚了，不然小寞不会有机可乘。我一边刷牙一边开了信箱。信箱里只有一封新邮件："姐姐，借走你的新大衣。我今天有约会。"

我不奇怪，小寞天天有约会，天天变着法儿"借"走我的东西。我一边喝着牛奶一边向老妈诉苦，老妈正在聚精会神地研究她才买的按摩器，头也不抬地说："你就这么一个妹妹，迁就她一点嘛。"

这话，老妈说了差不多二十年。

没错，小寞是我的亲妹妹，可是天知道，她只比我晚五秒从老妈肚子里爬出来，就幸运地拥有了无数的特权，真是天理难容！

窗外的天色很怪，看样子是要下雪了，我穿着我皱巴巴的旧大衣出门。大厦的管理员是个笑眯眯的老头子，他举着一个炸药包似的东西，扯大嗓门对我说："小寞，有你妈妈的包裹，让她赶快来取！"

"我是小寂。莫乱喊。"我说，"放心吧，她一会儿准下来。"

老妈最近迷上网上购物，说是又便宜又方便。结果很简单，家里的破玩意扔得到处都是。老妈最幸福的莫过于她做什么老爸都不说她，对她宽容得没有一点原则。我曾经背着老妈责备过老爸，可是老爸拍拍我的背说："算啦，你妈也没犯过什么大错，让她快快乐乐一辈子不好吗？"

"还没犯大错？瞧她给我们姐妹俩起的名字！叶小寂，叶小寞，活脱脱两个怨妇。"

"知足常乐！"老爸笑呵呵地说，"你妈那时候喜欢读诗，最喜欢的词就是寂寞和惆怅，你们没叫小惆小怅就挺幸运的啦。"

瞧我老爸的逻辑！

刚进杂志社的大门就遇到老总，他骑着一辆单车，呵着冷气对我说："叶小寂我正找你，下周的张学友演唱会，要有一篇与众不同的专访，我版面都给你留好了。"

"我写过三次张学友了。"我说。

"读者爱看写十次也得写！"他狡猾地说，"我算你加班费。"

得，我们杂志社那点加班费，坐公共汽车还得自己贴一半。采访机递到明星面前，说你是某某杂志的，人家都懒得用正眼瞧你。后来我学乖了，跟在电视台记者后面，厚颜无耻面不改色地称自己是中央电视台某栏目记者，才成功获得了不少爆料，加之我是中文系毕业的才女，配合我优美的文字和无穷无尽的想象力，采访稿往往都是杂志的头版。

我坐下来，办公桌的电脑旁是杯热茶，散发着我喜欢的茉莉香味。杯子也是新的，全木质，长得圆头圆脑，上面只有三个手写的骇人的大字“我爱你”。

不用说，是大江，全杂志社的人都知道他在追求我。这家伙最会搞这套，中午吃饭的时候曾在众目睽睽下对着我唱情歌，而且唱的是张国荣最肉麻的《深情相拥》。

我笑着把一碗西红柿蛋汤泼到他衣服上。

他当众声称一个星期不换衣服，而且说到做到，硬穿着那件又脏又油的衣服对着我一星期，弄得我哭笑不得。其实大江人高马大，一张脸还算英俊，杂志上偶尔登他与明星的合影，感觉他比明星还更有型有款，只可惜他感动不了叶小寂。

只因为，叶小寂早就心如止水。

同事小悠晃过来，看着那杯子叹息说：“纵是铁石心肠，也该泪流满面乎？”

我把杯子递给她：“喜欢就拿着。”

小悠夸张地跳到一边说：“送杯子就是送一辈子，万万不可瞎要的。”

我恶人做到底，把杯子连同那杯香茶一起扔进垃圾桶。

“野火烧不尽，春风吹又生！”大江神出鬼没地冒出来，手里拿着一个一模一样的木杯，嬉皮笑脸地对我说，“早料到你有这套，所以多买了一个。”

“哈哈哈。”小悠走到大江的办公桌前，低头一看，狂笑着说，“大江真有你的，到哪里批发了一整箱哦。”

正好收发信件的刘姨过来，递给我一大沓读者的来信，我把大江手里的杯子一抢，递到她手里说：“刘姨，这是你的。”

刘姨接过来，嘴里咕嘟了一句：“这杂志社的福利越来越奇怪。”说完就拿着杯子走掉了。看着她出门，小悠笑到绝倒，大江也笑，不过笑得比哭还要难看。

我坐下来专心编稿，互联网上的娱乐新闻层出不穷。明星们整日都在忙碌，忙着拍戏唱歌，忙着恋爱失恋结婚离婚再结婚，我靠追逐他们混口饭吃，日复一日，生活乏善可陈。

再抬头的时候，午饭时间已到。我正要收拾东西到食堂，手机响了，是小寞，尖尖的声音直刺耳膜：“老姐，我在你单位附近，请我吃饭可以不？”

“大衣还来！”我没好气。

“我还没怨你呢！”她倒打一耙，“我穿到学校，同学们都笑我似老姑婆，我一气之下才逃课逛街的。”

小寞虽与我一般大小，可她三岁的时候被发现心脏有毛病，只好一边治病一边念书，功课念念停停，所以我都工作两年了，她才念到大四。

“好吧，”对小寞我一向没办法，“中餐西餐？”

“我已坐在‘食之都’。”她说，“这里可以看到你的写字楼。”

“你当你姐姐是富婆？”

“不是富婆也是白领，在‘食之都’请一顿小意思喽。”她飞快地挂电话，“不说了，浪费我电话费。”

走到门口，我感觉有人跟在身后。掉头一看，是大江。他朝我耸耸肩，大大方方地坦白说：“我想跟踪你。”

“我约了人吃饭。”我说。

“听到你讲电话。”他说，“男朋友？”

“于大江同志，”我忍无可忍，“这是我的私生活。”

“我真没机会？”他露出无限伤感的神色，好像是认真的。

“是。”天下最毒妇人心，我丢下一个硬邦邦的字，飘然而去。

到了“食之都”，小寞已在座位上磨皮擦痒，见了我，忙捂着肚子说：“你真够慢的，我没吃早饭，已经饿得前胸贴后背。”

我招来侍应，点一大堆她爱吃的东西给她，她转怒为喜：“我就知道姐姐最疼我。”她穿我红色的新大衣，长发披肩，巧笑嫣然，侍应忍不住多看她两眼。

“姐姐。”小寞悄声说，“你应该把头发披下来。我们是孪生姐妹呃，可是我同学说你看上去比我至少大三岁！”

“你同学真客气，应该是十岁。”我挖苦自己。

“谁敢这么说我挖了她眼睛！”小寞不是不会拍马屁，“大三岁也没什么，这叫成熟和妩媚的美嘛。”

“少来。”我说，“不是说有约会？”

“爽约了。”她说，“闷。”

“谁那么倒霉，被小寞公主放鸽子？”

“唉！”小寞叹口气说，“最近看谁都不顺眼呢。对了，你还记得你高中时的老同学高泽吗？他那时候追求我要死要活的，昨天我在路上遇到他，他居然问我是叶小寂还是叶小寞！你说男人是不是都很无聊？”

哦，高泽。

我以为我已经忘了这名字了，谁知道再听到时心依然会划过一阵尖锐的疼痛。接下来我再也没心思吃什么饭，看着小寞狼吞虎咽，一颗心乱得没法整理。

高泽是我的高中同学，也是我的初恋。那时候我们都只有十七岁，高泽待我很好，郊游的时候替我背包，会考的时候替我补习。但我们都是矜持的好孩子，念书的时候从来没说过什么，大大的英语书竖起来，拦住初初情动时那张绯红和慌张的脸；冷漠的表情扮起来，死摁住一颗因爱不安和狂跳的心。一直到高中毕业的那年暑假，他才敢牵我的手，我们一起去看电影，张艾嘉的《心动》。看完后他送我回家，一路都没有什么话，在我家黑黑的楼道旁，他却猛地拉过我，第一次紧紧地拥抱我，第一次生涩地吻我。

我爱他爱得天翻地覆，天真地以为那就是天长地久。

可是后来，他遇到了小寞。那年小寞高中毕业，和我一起去参加我们同学的聚会。她并不知道高泽是我的男朋友，跟他嘻嘻哈哈闹个没完。高泽私下对我说：“你和你妹妹长得一模一样，怎么性格那么不一样呢？”

“是吗？”我说，我当时并没有介意。

几天后的一个晚上，小寞穿走了我用一个月家教费买的新裙子和老同学去迪吧玩了，我要去做家教，匆忙中套着她的外套出门，刚走到楼下，被高泽一把拖住了，他盯着我痴痴地喊：“小寞，小寞！”

我很吃惊，还没来得及说话，他一把抱住我喃喃自语：“小寞我爱你，我从没遇到过你这么奇特的女孩子。”

我终于清楚地听到他喊我小寞。

我气若游丝地问他：“那小寂呢？”

“我和你姐姐只是好朋友。”高泽抱住我不放，“让我爱你好不好？让我爱你！”

我推开他跑远，心在瞬间碎得分崩离析。

高泽始终不知道他自己认错人了，他终于成功约会到小寞。可是小寞嘲笑他老土，竟然在咖啡厅里请她喝绿茶，简直没有一点创意。我知道小寞对高泽根本就没有动过真感情，她像只美丽的花蝴蝶穿梭于无数的男生之中，爱情不过是一种浪漫和炫耀。高泽痛不欲生，大学毕业后终于选择了远走他乡。

自始至终，高泽没有给过我任何解释。

我用了整整两年的时间来承认自己的失败，午夜梦回，常常会有伤痕累累的错觉。同事们都说我冷若冰霜，可是谁又像我一样深谙爱情的薄脆和不能靠近呢？

“你在想什么，姐？”小窦伸出手在我面前晃晃，“又在想你的采访稿？”

“对。”我支吾说，“张学友。”

“太老套。”小窦说，“你们杂志只适合垃圾箱。再说了，现在谁有空看杂志，我们同学都在泡吧、上网，忙都忙不过来。”

“打击你姐是否天下第一乐事？”我一边骂她一边招侍应过来买单。

“一位先生买过了。”侍应递过来两客冰淇淋说，“这是他替你们要的冰淇淋。”

“哇！”小窦迫不及待地接过来，不问来路，张嘴就吃。

大江！这个阴魂不散的臭男人！

我气呼呼地把碟子推到一旁，对小窦说：“你慢慢吃，我要回去上班了，还有一大堆事等着我做呢。”

“姐姐！”小窦诡秘地笑，“是否有人追求你？”

我不置可否，挥挥手跟她再见。

回到单位，大江正跷着腿和小悠在聊天，见了我说：“吃完了，这么快？看来我还有希望哦。”

我从包里拿出两百元，往他桌上一放。

“做什么？”他奇怪地说。

“你心里清楚，我不喜欢欠人。”我说。

“你做人何必这么认真？”大江无奈地说，“那杯子不过是我从地摊上批来的，二十块都不值。”

“你知道我说的不是那个。”

“那会是哪个？”他死不认账。

我大声喊：“你知不知道你很讨厌，请你永远都不要再来烦我！”

办公室里一片寂静，小悠他们都用奇怪的眼神看我这个性情怪异的老姑娘。正在这时，手机尖锐的响声打破了宁静，是陌生的号码，我走到外面去接，电话那边传来的是曾经非常熟悉的声音：“小寂，是我。”

是高泽。

我说不出话来。

“刚看到你。”高泽说，“看到你和小寞，却没勇气走近。”

原来，付账的是他。

我还是说不出来话。我实在不知道该说什么。

“我一直都很抱歉。”高泽说，“小寂，我一直想说抱歉。”

我挂掉电话，眼泪在不知不觉中爬满了脸颊。身后传来大江的声音：“需要我帮忙吗？”我转头，看到他手里捏着一张纸巾。

“谢谢。”我赶紧擦掉眼泪，由衷地说，“无缘无故跟你发火真是对不起。”

“给你道歉的机会。”大江打蛇随棍上，“晚上陪我吃饭？”

“欠着，下次我请你。”我转身，随即到老总的办公室，向他告假半天。他看着我说：“怎么了，脸色这么坏！”

“病了。”我说。

他爽快地答应我，让我回家好好休息。我没有撒谎，我是病了，那声抱歉迟到那么久，那个我不愿承认它存在却一直存在着的伤疤，终于被蜂拥的往事粗暴地翻出来蹂躏，我怎么可能不面如菜色。

拿了包走到单位的门口，大江等在那里，递给我一个头盔说：“我送你回家。不许拒绝，不然我一头撞死。”

我已经没力气和这个孩子气的男人争辩任何事情，也没有力气独自回家，于是上了他的车。他摸摸我的长头发，爱怜地说：“小寂，小寂，瞧你多寂寞。”

我无语。

回到家里，爸爸妈妈正在商量着要不要去三亚旅行，冬天旅行不知道会不会很麻烦，他们两个脑袋靠在一起，很认真地看着报纸，再挨个往旅行社打电话，旅行还在计划中，兴奋就已经满满地外溢了。

而到我老了，会是谁在陪我？

会不会找到一个男人，拥有像我老爸纵容我老妈那样的幸福？

我心酸地关上门，倒在床上，戴了耳机听阿杜。这个叫阿杜的男子，有一把糟糕得要命的破嗓子，唱让你心酸得要命的情歌。我曾在杂志上为他写过专访，专访写完了，杂志卖掉了，他的歌却戒不掉了。

他正在绝望地唱：我闭上眼睛就是天黑。

对，闭上眼睛，就是天黑。

大江的电话很快就来了。“我很担心你。”他飞快地说，“我知道也许轮不到我担心，可是我就是想告诉你，我很担心你，你要好好的。”

说完，他挂了电话。

高泽又打我电话，我没接。后来又打过数次，我硬着心肠，依然没接。三天后，他终于找到我单位。我差一点没认出他来，他变了许多，穿名牌的服饰，开始有商人的派头。那一瞬间，我怀念穿白衬衫白球鞋的他。这个男人固执地占据着我年少时所有的记忆，他实在应该感到满足。

只是时过境迁，我再也不会像从前那样地傻。

我们在“食之都”刚坐下，他就单刀直入地问我：“有男朋友吗？”

“和你有关系吗？”我淡淡地笑。

“也是。”他并不接招，“有和没有，我都打算重新追求你。”

“你认为你有机会吗？”

“有。”他看着我的眼睛说，“小寂，我相信你还爱我。”

高泽的胸有成竹让我感到恶心，我在那一刻明白，我对高泽，根本就没有爱情，所有的怀念，不过都是出于不甘心。

我心释然。

只是还是不愿意和任何人约会，心死得让自己都灰心。

圣诞节的夜晚，市里的好几家杂志社包了歌舞厅搞联谊晚会。小寞苦着脸说不知道该答应哪个男生共度圣诞夜，索性一个也不答应了，吵着要和我一块去。她带我去她熟络的理发店做头发，老板替我把长发收拾得妥妥帖帖，只肯收下很少的服务费。这个小寞，在哪里都吃得开。

大江一看到我们就发呆了。我顺水推舟，把小寞往他身边一推说：“照顾好我妹妹。”大江瞪着眼说：“孪生的？”

我扬扬眉：“可不？如假包换。”

洗手间里小寞低声对我说：“做杂志的人都挺迂的。”

“谁让你跟着我来，”我说，“最怕这种应酬，烦都烦死。”

“姐你一贯这样啦。”小寞说，“今晚我好人做到底，替你应酬好啦。”

“不许悔。”我赶紧脱下我的大衣给她。

“扮你我拿手啦。”小寞说，“今晚看我的。”

小寞真有她的，表演滴水不漏，就连我们老总也被她骗到，一边跟她敬酒一边讨论明年杂志的改版，小寞均从容应付，趁人不注意，朝我眨眼睛。

我乐得在一旁清闲。

十二点的时候，我很累了，小寞正玩到兴头上，我告诉她我要先回家。

“好的。”小寞附在我耳边说，“你放心，我会找到人送我。”

我当然放心。跟她再见独自走到大门口，身后却传来大江的声音：“小寂，你等等，我送你。”

“你认错人了。”我回头笑笑说，“我姐在里面。”

“我不会错。”大江走上来，“你是小寂。”

“凭什么这么肯定？”我奇怪地问他。

“你刚进杂志社的时候，捧着一杯茶站在窗口，眼底的那抹忧郁让我震撼，从那一刻起，我就决定要保护你一辈子。”

“不用说得那么抒情吧。”我微笑，“不过我承认，你的眼睛很厉害，要知道我要是和小寞存心使坏，连我爸妈都不一定分得清。”

“我可以的。”大江说，“你妹妹永远不会有你那么动人的眼神，纵然她穿上你的红色大衣。”

“别吹牛。”我说，“谁知道你是不是瞎猜的。”

“不是还有一辈子可以证明吗。”大江朝我伸出手，“你要是不介意，我想陪你走一辈子。”

我笑。

可是他不笑，一本正经。

这是圣诞节，深夜十二点。整个城市燃着不夜的灯火，我慢慢地把手放进大江的手里。他的手宽大而温暖，牵着我，和我一起走过飘雪的灯火辉煌的大街。

能和大江一起走多久我还不知道，但我已经幸福地发现，在我心里一直复杂和迷乱的爱情，原来也可以开始得这么的突然和简单。

结发一辈子

我第一次发现自己很想念清扬，
甚至，还有些爱他。
没错呵没错，
结发就是一辈子。

二十三岁的时候，母亲开始逼着我谈恋爱。

母亲是经验之谈，她说："女孩子是要早点嫁出去早点生孩子的，别像我，三十五岁才有你，等你工作，我头发都白了。"

那时我大学毕业一年多，在市电视台做新闻主播。工资不算很高，但有很高的社会地位，走在大街上，回头率可达百分之八十左右。

我压根就不想恋爱，所以不把母亲的话放在心里。可是她非逼着我去和谁谁谁相亲，说他工作不错，人高，长得也帅，我保证会满意。

那晚我心情不好，有观众写信反映我最近播新闻的时候拉长了脸，亲和力不够。台长把我叫去教训了一通，我哪里有心情相什么亲。可是母亲却真正地拉长了脸，我只好勉为其难地赴约。

约会很老套，吃饭。

清扬和他的妈妈早就坐在那里了，还有几个我不认识的老太太，一见我都嚷着说巧巧比电视上还要漂亮。一阵寒暄和介绍后，她们刻意地安排我坐到清扬的边上。

清扬对我点头，很普通的一个男孩，没什么特点，更谈不上帅。看来母亲军情有误。不过她好像比我满意，见我板着脸，偷偷拼命捅我，我这才勉强挤出一个笑容来。

席间，清扬打破沉默问我："巧巧，你都喜欢些什么？"

"除了恋爱，"我说，"其他什么都喜欢。"

他尴尬得一句话也不再说。

敬酒的时候，我把可乐泼得到处都是，吃起菜来，嚼得吧唧吧唧响。上无数次洗手间，打无数个电话，声音响亮，笑语高亢，尽量把最坏的印象留给他。

"对不起，妈妈。"回家后我很不好意思地说，"丢了你的脸。"

她更正说："错了，是丢尽！"

然后她叹息，不愿意理我，当然更不会打电话给媒人问人家对我的印象。我正窃喜之余，那边却打来电话，说是想跟我见第二面。

母亲乐不可支，我却差点没从沙发上掉下去。

我一直僵着没去见他。一个月后，他终于自己主动约我，电话打到我单位，找林巧巧。

正好是我接的，我不记得有这样声音的朋友，问："谁？"

他愣了一下，然后说："我是清扬。"

清扬？

哦，清扬。

我早忘了个一干二净，冷冷地说："找我干吗？"

"听歌。"他说,"周末南京有齐秦演唱会,我有两张贵宾票。"

看来妈妈适合做间谍,连我喜欢齐秦这样的事都一一报上,我真担心她有没有说过我睡觉喜欢说梦话。

但齐秦对我是很大的诱惑,我犹豫了一下说:"好,好吧。"

"那我那天来接你。"他并没表现出激动,很快挂了电话。

我以为是要坐火车去的,没想到的是清扬来接我的时候开着他自己的车,从我们这里到南京走高速有一个小时的车程,他一直放着齐秦的歌,话并不多。

我乐得听歌,休息。

到了南京,他请我吃饭。我照样吃很多,没有一点淑女的样,他不喝酒,喝着一杯茶看着我狼吞虎咽。我忍不住说:"你不饿?"

他说:"我没见过你这么能吃的女子。"

我的脸红到脖子根。

这下轮到他不好意思了,直向我做道歉的手势。

我又不讲理起来,说:"以后谁再跟你吃饭谁是猪。"

他哈哈大笑。

演唱会的座位真的很好,可以很清楚地看到齐秦的样子。他一出来我就开始尖叫,站起身来,舞动我的双手,四周都是热情的歌迷,很多人比我有过之而无不及,清扬却有些坐立不安,我猜想他想让我坐下来安静地听歌,但是他最终没敢说。

第一首歌,《九个太阳》。

听完后,清扬低声说:"我还是喜欢以前的版本。"

我惊讶地看他，以为他不懂齐秦。谁知他又说："这一次又不唱《狂流》，真是遗憾！"我开始对他刮目相看，问他："你听过齐秦的演唱会？"

"一共三次。"他说，"第一次是在西安，我和我的同学坐了十几个小时的火车，大学的时候真是疯狂。"

我开始乖乖地听歌，我喜欢齐秦不过两年，在真正的齐秦迷面前，我不想再有所卖弄。

一首深情的《月亮代表我的心》，齐秦坐在台边唱，那歌声美得令人屏息。从体育场环形的石阶往上望去，月华如水，我偷偷看清扬的脸，开始觉出他的帅气。他也看我，对我微微一笑，我怦然心动，在瞬间闻到爱情的香味。

后来想，自己也老大不小啦，有这么一点点感觉，抓住也好。

就这样，我和清扬恋爱了。

我是跟他恋爱后才知道他家那么有钱的，难怪老妈对这门亲事热情得有些不像话，我没好气地对老妈说："我嫁入豪门你图什么？"

"图什么？"老妈眼眶一红说，"只图你比我过得快活。"

我闭了嘴，我相信她，爸爸死得早，妈妈不操心到我快活无比不会罢休。

可是钱和快活又能有多少的联系呢？

很快我就发现我和清扬之间的差距。我天生热情好动，可是他不是那种爱玩的男孩，我们在一起的时候，不是躲在他的房间里听歌，就是一起去咖啡屋坐坐。

他连美国大片都不喜欢看，嫌它吵人。

就连第一次亲吻，也是我主动。那晚的月光太好了，我一遇到好的月光就有些抒情得不由自主，我躲在他怀里，喃喃地问他为什么会喜欢上我。他只是抱着我，半天也不出声，气得我拿了包转身就走人，他也不来追。

第二天他照样来接我下班，像没事一样。

我不是那种娇宠的女孩，没继续赌气，但多少觉得郁闷。

不过和清扬恋爱后我在台里身价大增，他父亲经营一家有名的私企，据说一年在电视台投不少的广告费，台长看着我整日都是笑眯眯的，再也不说我有哪里不好。会上会下，我常常莫名其妙地成为被表扬的对象，被人重视的感觉总是很好的，更何况他给足我面子，天天开着小车接送我上下班。

好友千晴深知我心，她安慰我说："知足吧，这么好的男人，你要是不要我可就追上去了！"

"请便，"我说，"情缘天定，谁能主宰？"

"还在想舒张吗？"千晴小心翼翼地问。

"舒张？谁是舒张？"我故作惊讶。

千晴耸耸肩说："忘了就好，我真怕你为了他一辈子不谈恋爱。现在好了，找到个有钱人，挥金如土的时候谁还会记得爱情？"

我捂住千晴的嘴不让她说下去。

舒张是我的暗伤。

我，千晴还有他都是高中时候的同学，舒张家境贫寒，但成绩很好，我从高一起就喜欢上他，十五岁的时候就喜欢上一个男生是很苦的一件事，只有千晴分享过我的日记和眼泪。后来我们考上北京两所不同的大学，班上只有我和他考到了北京，送我走的时候千晴还附在我耳边说："巧巧，这下真巧，你看上帝都给你机会。"

我曾一度以为我会成为舒张的女朋友，异乡求学的日子是孤单的，那时我们每个周末都会见面。一起吃顿饭或是看场电影，那年的圣诞节下很大的雪，他终于敢拉我的手，我们在雪地里漫步好几个小时，我冻红了鼻尖，他捏捏我的鼻子说："巧巧，我会一辈子对你好，我一定要让你过上好日子。"

舒张个性高傲，不肯用我一分钱，为此他接了好几个家教，还到电脑公司打工，或者是批了皮手套在校园里卖。反正他总是有办法弄到钱供自己读书和跟我一起去昂贵的咖啡屋。他说："巧巧，我一定给你一个温暖的家。"

我越发喜欢上他，一个有生存能力的男生，让我除了爱情还心生敬仰，我深信他会实现他的诺言，让我过一辈子的好日子。

可是这份承诺在大四的时候就不在了，为了留京，舒张终于选择了别的爱情。取代我走在舒张身边的，是一个其貌不扬的女生，听说她有相当不错的家庭背景。我被这突如其来的变故彻底地击垮了。我曾放下骄傲和自尊不止一次地去找过舒张，希望他可以给我一个解释，可是他都对我避而不见。

只有一次，见我的是那个女生，她嗑着瓜子对我说："你死心吧，他现在爱的是我。"

我真的死了心，在毕业时毅然放弃了留京的指标，回到了家乡。

我对自己说："妈妈需要我在她身边。"其实我心里清楚的是，舒张他再也不需要我在他身边了。

恋爱，是多么没道理的事情啊。酝酿了好几年才得到，可还没来得及好好享受，它就在片刻间灰飞烟灭，叫人怎么能想得通?

清扬不是我喜欢的那种男生，和舒张相比，他少了很多的锐气，但我还是渐渐习惯依赖清扬。

只是依赖而已。

心中再难有火花。那种做小姑娘时偷偷看谁一眼就心跳一千八的感觉我是再也找不到了，那种为了和谁见面在宿舍里等一天电话的耐心也再也不复存在了。

但还是这样和清扬走了三年。以至于后来我都奇怪，不知道和他之间是如何一天一天走过来的。也不是没有向他提出过分手，也曾一个星期不见他，但每一次都被他淡淡地处理掉。仿佛他宽宏到极点，而我一直是个小肚鸡肠的女子。

反反复复地闹过几次后，他有些奇怪地望着我说："我哪里不好吗？"

"哪里都不好！"我恶毒到底。

"我会是一个好丈夫。"他轻拥我入怀说。

"我不信。"我说，"你到现在也不说为什么喜欢我？"

“爱情不要理由。”清扬说，“我们结婚吧，爸爸已在市中心替我们买下二百多平方米的新房。”

“那怎么行?”我故意惊呼说，“我妈妈是要我住洋楼或别墅的。”

“只要你肯嫁。”清扬说，“什么都没问题。”

他中规中矩地提了礼物到我家提亲。妈妈的脸笑成一朵花，然后她正色对清扬说：“我把女儿嫁给你是看中你人老实，你要是欺负她我饶不了你。”

“她不欺负我就是我的运气。”清扬回嘴。

妈妈想了想后说：“你说的也有道理。”

我对婚姻总还有点期待，在完全属于我们两人的世界里，希望他可以更亲近地更浪漫地走近我。我愿意相信婚后的生活可以填补我内心里关于爱情的种种遗憾。

婚礼定在元月八日。

结婚前一个星期，我跟台长告假，他先恭喜我，然后有些神秘地问我：“结完婚，还来不？”

“不来发工资吗？”我俏皮地问。

他打哈哈，送我出办公室。

我当然要工作，我总归是一个独立的女子。再说，播音也是我喜欢的工作，我没有理由放弃它，更不想今后伸手跟人要钱过日子。

婚后的日子很平淡，庆幸的是无论再忙，清扬也从不在外面应酬，每天准时回家陪我，周末的时候还陪我逛逛商场。我要是看中很贵的衣服，他会眼睛也不眨地替我买下。

我们有空还陪老妈摸两圈，为讨她开心，故意输给她，老妈人前人后说女儿女婿如何如何地好。

我有了好的归宿，她仿佛年轻了十岁。

我跟千晴说起幸福的含义，千晴很肯定地告诉我这就是幸福。

我终于慢慢地心安。

也许注定了好日子不能长久，那天我一个人在家，家里的灯突然坏了，我找了家政公司的人来修，修完后他要我签字，我到处找不到笔，于是就拉开了清扬的床头柜。

那里面一直都是他自己的东西，我几乎不去碰的。夫妻之间总要有自己的秘密，这点道理我懂而且也能接受。可是我在柜子的最里面发现了一个很漂亮的相册，这让我多多少少有些好奇。工人走后，我情不自禁地翻开了它。

里面装着的，全是清扬和另一个女孩的照片。

每一张都照得很亲热。

仔细地看，女孩的眉宇竟和我非常地相似。

只是清扬和我在一起时，从来没有露出过那种阳光般的笑容。最前面的一张照片上，还印着五个字：结发一辈子。

天啊。

我跌坐在地，半天回不过神来。好久以后，才打通千晴的电话求助。千晴很快赶到，把我从地上扶起来，替我把照片放回原处，然后对我说：“巧巧，你得装作不知道！”

“为什么？”我掩面尖叫。

“谁还没有点过去？”千晴说，“你不也有？”

“那是不一样的！”我说，“我一直奇怪他怎么会喜欢我？原来我不过是别人的替身，你没发现我跟那个女的长得很像吗？”

“好啦。”千晴安慰我说，“是你自己想得太多，不管怎么说，清扬现在是你的老公不是她的老公，赢的是你！”

“不是我。”我忧伤地说，“舒张绝不会留着我跟他的任何一张合照。”

千晴紧紧拥抱我：“可怜的巧巧，你得想开点，否则你不会快乐。”

我没有告诉清扬我看到照片的事，他回家以后，我已若无其事地在看电视。那夜我再次问清扬：“你为什么会娶我？”

清扬有些不耐烦地说：“一个问题问上数百次有何意义？”

“你从没回答过我！”我大声地说。

“巧巧！”清扬说，“我爱你。”

我愣住了。

他从来没对我说过这三个字。我不知道是真是假，但我已无力和他再为此争辩下去。

那一夜，我们背对而睡。过了很久他来抱我，我冷冷地推开他说：“我很累，睡吧。”

我后来想，清扬一直不能给我让我满足的爱情，是因为他早和别人结发一辈子，那颗心永远也收不回来了。

我患得患失，没有一天过得开心。

安慰我的永远只有千晴。

她打来电话说：“明晚有个老同学聚会，来吗？”

“不想。”我说。

“来吧。”千晴劝我，“你要是不来，他们准骂你傲慢。”

“骂就骂吧。我没心思。”

说是这么说，那晚我还是换了衣服出门。我们班老同学的感情相当好，这样的聚会一年总会有一两次，只是我万万没想到的是舒张在。

这些年他一直在北京，从来没有回过家。

千晴朝我眨眨眼。

我装作若无其事地和舒张握手，这么多年了，我没有忘记过他的面孔，如今这张面孔更成熟稳重了。他紧握我的手说：“巧巧，好吗？”

我放开他的手说：“托您的福，好着。”

他看看我，不再说话。

等他走开后，千晴低声对我说：“舒张现在混得很不错，这次回来是为工作上的事路过，明天就要走了。我想了很久，还是决定叫你来。”

“没什么，”我嘴硬说，“这有什么？”目光却不由自主地去找那个身影。

老同学在一起叽叽喳喳，时间总是过得飞快。我和舒张没有机会交流，他难得回来，几乎给他们灌得半醉。最后，我握着千晴的手，匆忙和他说再见。他也说再见，眼光并没在我身上停留。

我刚上出租车，手机就响了。

竟然是舒张。

他说："巧巧，让车子调头，我在前面的咖啡馆等你。"说完迅速地挂了电话。

当我在他面前坐下的时候，他微笑了一下，然后说："没把握你会不会来，谢谢你给我面子。"

"你不是醉了？"我问他。

"这些年装醉的本事学会了不少。呵呵。"他又笑。

我看不得他的笑，把头低了下去。

"巧巧，"舒张柔声说，"你不快乐。他对你不好吗？"

"不管怎么说，比你对我好得多。"

"听说嫁了个有钱人？"

"对。"我有点赌气地说，"相当有钱。"

"老吗？"他扬着眉毛问我。

"不老，比我大两岁而已。"

"我到底迟了。"舒张说。他的手从桌面上伸过来，握住了我的，我无力躲闪，惊讶地看着他。

"我在念高中的时候喜欢上了一个女孩，可是她太漂亮太优秀了，我不敢接近她。我一直拼命地努力，希望可以配得上她，希望配得上她的那天，她还没有结婚，可是我到底迟了。"舒张说，"我的成功比我想象中晚了两年。"

“你的故事真动听。”我讥讽地说，“给你当年抛弃我找了个最完美的理由。”

“我当时那么做只是一个手段而已，我那时太年轻，事情想得很简单。我想我回头再跟你解释，你一定是可以理解我的。我承诺过你，要让你过上好日子，不是吗？我只是怕我不能留在北京。怕极了。”

“别说这些，”我转过脸说，“我早嫁作他人妇了。”

“我一直没结婚。”舒张说，“我可以等你。”

“等我做什么？”

“等你离婚。”他毫不含糊地答。

说罢，他坐到我身边来：“我向你保证你今后的幸福，你现在工不工作，对我来说根本就无所谓。”

“你怎么可以这样？”

“因为……”他用炽热的眼光看着我说，“因为我确定你还爱着我。”说完，他的唇霸道而温柔地印到了我的唇上。

天旋地转。

“跟我走吧，巧巧。”他说，“我将给你最完美的生活和爱情，以弥补我过去对你造成的种种伤害。”

我问：“那她呢？那个帮你找到了最好工作的女孩呢？”

舒张看着我说：“你听好，我从来没有爱过她，只是一个手段而已。你到现在难道还不明白吗？”

我开始低声哭泣。

舒张，我亲爱的舒张，他早就和过去不一样了。那个我十五岁起就轰轰烈烈爱上的男生，自从离开我的那一刻起，他早就变成了一个世俗的男人，变得可怕而又狰狞。

“婚姻是严肃的，是一辈子的事。”舒张说，“从某种意义上来说，男人除非是实在不得已，否则绝不会娶一个自己不爱的女人。”

“是真的吗？”我问他。

他点头说：“就算娶了，也不会真正地对她好。”

“我知道了。”我喝下最后一口咖啡，告诉舒张说我要回家。

“真不跟我走？”他相当地失落。

“不。”我说，“你不必内疚，过去的事情我全忘了，包括刚才的那个吻。”

说完，我起身离去。

我出门后就打了清扬的电话，他很着急地说：“你手机不通，我找你快一个小时了。你在哪儿，我来接你？”

“不用。”我说，“这就回家了。”

我第一次发现自己很想念清扬，甚至，还有些爱他。

没错呵没错，结发就是一辈子。

城市恋爱絮语

喜欢的歌，静静地听；
喜欢的人，
远远地看。
——饶雪漫

厚厚的日记本里，满满的都是他。球场上那个颀长的身影，急速地奔跑，迅捷地闪身，之后高高跃起，后仰，抬手。篮球在半空划出一道优美的弧线，应声而入。他是球场的发光体，仿佛周身披着粲然的光，灼亮的。我把一瓶快被紧张的我摩挲得发热的矿泉水放在他场下的书包旁，悄悄退出人群。如果你问我后来呢，我会笑着告诉你，现在的我已经忘了他的名字，当然没有后来。但是这个我悄悄喜欢了一个学年的男孩儿，会永远烙印在我的记忆里，鲜活的。有些喜欢不必说出口，远远地看一眼，就会满心满眼地觉得幸福。如果你也经历过，你一定知道我在说什么。那是单恋的魅力，那是只属于 17 岁的喜欢。

—— 沐十月 · 计算机工程师 · 大连

恋爱就是这么突如其来的一件事，从开始到慢慢进行，每一个细节都不可思议，百转千回。

—— 饶雪漫

那时，似乎往日的时光都是一种无意义的消磨，似乎此刻万籁无声天地俱静，似乎我们简直是在用满满一个余生来渴望这样一场纷繁富裕的爱恋，一场遗世倾城的梦境。就像帘帷揭起，黑暗光束中相携而戏的一对伶人，素未谋面却已成定局，不知道曲词对不对，不知道声腔准不准，就懵懂开唱，迂回起舞。但冥冥之中自有安排，这台步你退我进环环相扣，这水袖你抛我收横波暗流。一招一式皆为神引，而你我的任务，就是在这供奉于高处的歌台舞殿之上，竭尽所能地挥发款款深情，方才不辜负这如花美眷，方才对得起这似水流年。

—— 张秋寒 · 作家 / 插画师 · 南京

我们都是单翅膀的天使，只有拥抱着才能飞翔。

—— 饶雪漫

以前我在一家化工厂的时候，常常站在阳台上发呆，看隔壁中学里穿着蓝白相间的校服的孩子们跑来跑去。那样无忧无虑的笑脸和追逐离我太遥远。过去的二十八年，我把最好的年华付给了机器轰鸣的工厂，而不是一段轰轰烈烈的爱情。在工厂时，我每天做着单调的工作，麻木地看着我原本纤细白嫩的双手在腐蚀性的水里忙个不停，看着它们一点点变得丑陋。记得有一天太阳特别大，阳光穿过我刚晾好的白色床单的缝隙，刺入我的眼睛，眼前一片炽烈的惨白，泪水莫名满溢。那一瞬间，我突然明白了为什么要两个人过完一生。一个人要想抵抗命运，要想直面生活的诡谲与惨淡，太难。

—— 庭院深深 · 公司职员 · 绵阳

爱是一场战争，我不怕受伤只怕你不快乐。

—— 饶雪漫

内心的懦弱和倔强刀戟相见，世界上有两个我，在你伤害我的时候我无比迟钝，在你爱我的时候我无限敏感，这两个我终究无法重叠。如果没有亲身体会过，那种抽丝剥茧的无望与喜极而泣的感动，你永远无法理解我失去你的心情。我躲在角落像一枚已经点燃引线的潜伏炸弹，我抱着自己头尾相连，看哧哧作响的火花，等待大音无声般的轰然爆破。从你离开第一天开始，从第一声“嘭”起，开始多米诺骨牌的连锁反应，嘭，嘭，嘭。所有的成形未成形的梦想，保留未保留的情绪，顺带着殃及池鱼的无辜，化为灰烬。就像我为你独一存在，也为你独一消失，只怕你有包袱，只怕你不快乐。

—— 隔诗年 · 少林寺俗家弟子 / 作家 · 北京

一个人最大的缺点不是自私、多情、野蛮、任性，而是偏执地爱一个不爱自己的人。

—— 饶雪漫

不知是谁说，人生有四苦，放不下、想不通、看不透、忘不了。爱错一个人，就像平面几何里的平行线，纵然延续再长，却永远没有交点。站在这一端，望着他渐行渐远，明知等不到，却固执地守着，一日复一日，一年又一年。以为自己能放下了，偏偏有个白影子一直住在心里，不知道什么时候碰到有太阳有月光了就能照到了，激灵一下子，拨动心弦了似的。和谁也说不得，和谁也道不得，实为伤痛，却也并不多伤痛，实为遗憾，却也没要命遗憾。生命要继续，而我的生命就是爱你。

——果子李·作家·贵阳

结局和过程都有了，再去纠缠，连自己都觉得贪婪。

——饶雪漫

我来到你的城市，走过所有的巷口，但是我终究没有勇气开口问你是否过得还好。手机捏在手里，你的号码显示在屏幕上，只是我无力拨通你的电话。在这个陌生的城市，我竟然那么清晰地梦到了你的脸庞。你笑，我便跟着笑；你不说话，我便跟着沉默。醒来后，我推开窗，看满天星星。突然想起那天，你半夜跑来看我，我指着天上的星星给你看。你抱紧我说，以后都会好好疼我。然后，从那以后，你消失不见。过了许久，你又突然出现，嘘寒问暖，像不曾离开过一秒的熟悉。我不动声色，眼泪却掉了下来。因为，我知道，就在你消失的那天，一切都结束了。我转身离开，尽量假装得神色安然。

—— 李小含 · 自由摄影师 · 哈尔滨

在甜蜜而脆弱的爱情里，我们都这样不断地在“练习”，“练习”失去，“练习”承受，“练习”思念，并走向我们最终的早已既定的结局。

—— 饶雪漫

最近有首很红的歌叫《我的歌声里》，很多年前还有一首歌叫《爱情证书》。爱情的脆弱在于难以把握，爱情的甜蜜又在于带给我们无与伦比的幸福感。爱情突如其来，也许又悄然逝去。我们欣喜接纳爱情的出现，又学习承受失去的痛苦。当你失去你深爱的人时，请把他(她)放在你的脑海里、心里、梦里、歌声里……当你深深爱上一个人时，请不要计较多一点辛苦，请多付出一点忍耐，一起期待爱情证书……这是两种不同的状态，可无论怎样，这都是爱，无论怎样，这都是我们在爱情中必将走过的轨迹，是我们长大，最终变成大人的过程……

—— 余思 · 公关公司客户主管 · 北京

我还是相信，星星会说话，石头会开花，穿过夏天的栅栏和冬天的风雪过后，你终会抵达。

—— 饶雪漫

初恋失败。再恋失败。等待至我自觉开始苍老的年纪，你还未来。等待至我已经不再确信你定会出现的时候，你还未来。我心中的你的模样，曾经一点一点地清晰，又渐渐一点一点地模糊。我不知自己是否应该高声呼喊或者静心缄默，能够发出怎样的信号让你知道我在这里。我就在这里等你。直到有人对我说要相信星星会说话，相信石头会开花，要相信爱情，相信你终将到达。好吧，所以我还在等，等一份真正的爱情，等一个命中的你。我不问时间不问结果。我只知道，你若不来，我便不老。

—— 婆婆 · 自由职业者 · 上海

饶雪漫

作家，编剧

十四岁开始写作，著有六十余部作品，有“文字女巫”之称，是当之无愧的青春文学领军人物，多次登上全国畅销书排行榜。

文学作品代表作：

《左耳》《沙漏》《离歌》《雀斑》《那些女生该懂的事》等